がんからの脱出

相澤雄一郎

はじめに

マスコミ人生60年の断片

「石巻かほく」創立20周年記念式典

1980（昭和55）年4月1日、河北新報社は別会社の三陸河北新報社を創立、石巻圏域1市9町25万人の地域新聞「石巻かほく」を4月21日から発行した。私は石巻総局長として現地責任者となった。当初は石巻市中心の2〜4ページ。河北新報の付属新聞で週6日発行、月額100円。翌年からエリアを増やしていき4ページ、8ページ、月額200円にした。すべて地域の情報で死亡広告も1件3万円前後。月間の売り上げは最大9億円。発行部数は4万部。私は総局長を4年間やって報道部長として本社に戻った。

97（平成9）年から本社常務と兼務で4代目三陸河北新報社長に就任した。総局長3年目に3階建ての石巻河北ビルを新築した。

2000（平成12）年6月2日、石巻グランドホテルで「石巻かほく創刊20周年記念祝賀会」を地元各界350人が出席して開催した。私、相澤雄一郎は代表取締役社長として、「地域の皆さんのご支援で石巻にお役に立つ地域新聞が出来上がった。さらに頑張る」と感謝の言葉を述べた。

しかし、10年後、20年後となると先が見えてこない。東日本大震災が11（平成23）年3月11日発生した。第2の古里と思ってきた石巻はどうなったのか。「病める海のまち」になった。一方、私は06（平成18）年12月に、肝細胞がんで肝臓の3分の1を切除された。

13（平成25）年4月20日、「地方と共にマスコミ人生50年」という小冊子を発行した。日本のがん治療はいろいろな課題を抱えている。毎年38万人ががんで亡くなっている。もっと生きることができるはずだ。ジャーナリストとして声を上げようとがん治療の実態と課題を提言する本書「がんからの脱出」を出版することにした。

後半部にいくつかの「マスコミ人生の一端」を加えてジャーナリスト、相澤雄一郎の60年を振り返ってみた。

がんからの脱出 ●目次

野球少年だった――……90

第2部

マスコミ人生60年

日刊ゲンダイ特別連載　マスコミ人生60年　豪傑列伝……191
日刊ゲンダイ2018年12月5日掲載
「おかしいことはおかしい」と記事にするのがマスメディアの役目だ……192
日刊ゲンダイ2018年12月12日掲載
肝臓がんを克服したジャーナリストの視点から投げかける“がん治療”の問題点……195
日刊ゲンダイ2018年12月19日掲載
巨額復旧復興費の不正マネーに揺れる“病める海のまち”の闇はいつ晴れるのか!……198
日刊ゲンダイ2018年12月26日掲載
大川小児童74人の犠牲は「人災」あまりにも無責任な教育行政の闇……201
日刊ゲンダイ2019年1月9日掲載
科学技術庁長官の言葉を思い出す「安全神話」が吹き飛んだ日……204

第1部

がんからの脱出

「おかしいことはおかしい」

私は2006(平成18)年12月、仙台厚生病院で肝臓に直径4センチの腫瘍があると診断され、同月18日、腫瘍を含めて肝臓の3分の1を切除された。胆嚢、肝臓、膵臓の手術では東北地方では有名な外科医師で「腫瘍は胆管の近くにあるので胆管がんかもしれない。胆管がんは再発すれば手術は1回しかできない。ほかの治療法もあるが切除が最適だ」という。私はC型肝炎から肝臓がんになった河北新報記者先輩を見送っている。医学部内に親しい教授がいたので相談したが、末期状態だった。手術を終えた外科医師は「肝臓を半分切除しようと思ったが、腫瘍は胆管から離れていた。肝細胞がんであったので3分の1を切り取った。転移はなかった。お酒もいいです」と言われた。外科医師は副院長であり、後に院長になった。私は1934年9月生まれ。72歳だった。

河北新報では編集局長、常務、地域新聞「石巻かほく」社長をやり、河北新報には45年間お世話になった。手術当時は地域FM放送「ラジオ石巻」の社長だった。経営立て直しを頼まれて再建への軌道に乗せた。がんではせいぜい5年くらいの延命かと覚悟した。しかしフリージャーナリストとなってしたいこともあった。

そこで、出合ったのが松田忍医学博士が発明開発した「藍プロポリスA」という天然素材健康食品である。内容は本記に詳しく書いているので読んでほしい。「ラジオ石巻」の社長は9年間やって2011（平成23）年2月に退任した。後任の小笠原秀一社長（河北新報専売・小笠原新聞店社長）と一緒に3月8日、東北電力女川原子力発電所へ渡部孝男所長（本社で副社長）にあいさつに行った。

これからゆっくり書き物でもしようと思ったところ、2011（平成23）年3月11日にマグニチュード9という日本で1位、世界で4位の大地震、東日本大震災に見舞われた。私は18年9月9日で84歳になった。天然素材健康食品のお陰と思う。がんは日本人の死因第1位。38万人が亡くなっている。

国立がん研究センターは11種類のがん患者の3年、5年、8年の生存率を発表している。肝臓がんの5年生存率は39・6％。私は術後、12年間も生きている。周りにはがんで天国へ行った人たちが沢山いる。若いころ東北大学付属病病院などを取材、がん治療に懸命に取り組む医師たちの姿を見てきた。自分だけが怖いがんから逃れたというわけにはいかない。毎年38万人ががんで死亡し100万人ががん患者と診断されている。医師の診察を受けない人はどうなのか。前がん者を加えたらかなりの数だろう。この本を書くため厚生労働省や国立がん研究センターなどでデータ確認の取材もしたが、あまりにも多種類の部門があり内容に不十分な点もあると思う。

ジャーナリストは社会的問題をはじめ「おかしいことはおかしい」と書くのが役目と思ってきた。私は現役時代、新聞に課せられている役割を実行してきたつもりだ。新聞界のゴールドメダルである新聞協会賞を「米どころ宮城の空中農薬散布をやめようキャンペーン」で受賞した。日本人の死因第1位はがんである。日本のがん治療は現状のままでいいのか。本庶佑京都大学特別教授が「オプジーボ」の研究開発で18年10月、ノーベル生理学・医学賞を受賞し、がん治療は前進したと期待されている。本庶教授（1942年生まれ）は受賞後の講演会で「21世紀は免疫療法でがんを克服しよう」と述べていた。21世紀はまだ80年もある。かなり先のことではないか。オバマ前米大統領は12年1月、一般教書演説で米国立衛生研究所（NH）主任研究員の小林久隆さん（1961年生まれ）の「がん近赤外光免疫療法」を紹介した。本庶教授とは別の治療法である（本記に書いている）。がん克服への道はいろいろあるのだ。自然素材の健康食品は日本の薬事法では民間療法としてボイコットされている。生薬、漢方薬、プロポリス、アガリクス茸などを服用している人たちも多い。現状の枠から抜け出せないがん治療の実態、課題をジャーナリストの立場で書いていきたい。がん患者たちは不安を抱え、病院へ行っても医師、先生たちに聞きたいことも聞けない。治療体制をチームで行っている病院もある。多くの患者と接している医学界内部からも声を上げてほしい。

日本人死因の第1位はがん　死亡者は38万人

国立がん研究センターは2018（平成30）年9月、日本のがん死亡者は年間約38万人で死因第1位、11種類のがんの3年、5年、8年生存率を発表した。

さらに14年に新たにがんと診断された人は86万7千人で過去最多を更新したと発表した。高齢化に伴って増加は続くとみて18年には101万4千人になると予測している。

厚生労働省が指定する全国のがん診療連携拠点病院406院の統計という。がん関連出版物には「日本人は2人に1人はがんになり、3人に1人はがんで死ぬ」と書かれている。病院の診察を受けない人も多くいる。同センターに、一体日本人のがん患者は何人いて死亡者は何人なのかを聞いてみたが、分かるはずはない。がん治療の実態も様々だ。私はジャーナリストであり、06年12月、肝細胞がんで肝臓の3分の1と直径4センチの腫瘍を切除した。肝臓がんの5年生存率は39・6％。生存率をはるかに超える12年間生きている。抗がん剤、放射線治療は受けてこなかった。

がん治療は進歩しているが、「がん」と診断されれば「死」が付きまとう。しかし、「死」の恐れから逃れることはできる。患者同士が語り合い、助け合うなど活動しているグループもある。私たちは「がん治療の実態」をもっと知ることが必要だ。「がん」を克服する手法は沢山ある。私はがんを克服した体験者である。「運がいいから…」「たまたま…」と言う人もいるだろうが、そのまま座して死を待つよりも、「生きる方法」があるのなら、やってみたらどうだろうか。がん治療は手術、抗がん剤による化学治療、放射線治療―この3大療法が行われている。抗がん剤はがんを狙い撃ちにする薬だが体内の正常細胞にも障害を与える。

厚生労働省によると日本の15（平成27）年度の医療費は約42兆5千億円、薬品代は約8兆2千億円。がん医療費は年間約3兆6千億円だが、毎年、100万人ががん患者と診断されると医療費はどのようになるのか。

日本は国民皆保険制度である。私は06（平成18）年12月、肝細胞がんで肝臓を3分の1切除された。抗がん剤、放射線治療は全く受けていない。免疫力を高めるという天然素材粉末の健康食品を10年以上、口中で舐めるようにして溶解、その成分が上部消化管粘膜を刺激してリンパ免疫機能を強めたのか、外科手術が成功したのか──がんからの脱出につながり、12年間生きている。

ジャーナリストとして、がん治療の実態などがんに関連する多くの課題があることを承知しているが、がん治療を含めた医療費は今後もさらに伸びていく。私の体験を交えながら「毎年38万人が死亡する日本人死因第1位のがんから脱却しよう。同時にがんにならないように」と訴えたい。

高額治療でトラブルも

3大療法に加え第4の療法として「リンパ球移入療法」がある。がんと闘うリンパ球の効力向上、増量を目的にした治療法だ。これは自分のリンパ球を取り出して試験管でがん細胞と闘う力を増強して体内に戻してやるというもの。しかし、抗がん剤を服用しながらリンパ球移入療法を行う施設(医院)では治癒率はアップしていない。「リンパ球移入療法」は医師によっていくつかの方法があるのだが、患者と医師の間にはトラブルも起きている。２０１８年6月放送のＮＨＫ「クローズアップ現代＋」は、「〝最先端〟がん治療トラブル」のタイトルで、高額がん治療によるトラブルの実態を伝えた。

がんに関しては決定的な遺伝子治療、免疫療法がないためインターネットなどで知った療法を頼って治療してもらうのだが、同番組では舌がんを手術、余命半年と言われた52歳の夫の治療費に１０００万円を払った事例の実態に迫った。この男性患者は半年ももたずに子供3人を残して亡くなった。妻は提訴したが、医師は「治るとは言っていない」と反論しているケースを取り上げていた。

14年、厚労省は肺がん治療薬としてオプジーボを認可した。アメリカ、ヨーロッパ、日本の製薬会社は「がんは免疫療法薬で治る」としていろいろながん治療薬の研究開発に取り組んでいるが、極めて難しく費用も多額だ。オプジーボを開発し、ノーベル賞を受けた本庶《ほんじょ》佑《たすく》京都大学特別教授は認可まで22年間もかかっている。製薬会社の合併、買収などが起きている。薬価は高額で日本は国民皆保険制度のため7割は保険で補助する。保険財政は数年でパンク状態になるという。

注目の第5の療法
「口腔粘膜リンパ球活性化療法」

第5の療法として既知の天然素材混合製剤の服用によるリンパ球免疫増強法が開発された。これは武田薬品工業中央研究所(当時)でインターフェロンをはじめとする抗ウイルス物質の研究に取り組み、さらに林原生物化学研究所で、天然素材を用いて難病治療の研究に携わってきた松田忍医学博士（1938年生まれ。東北大大学院農学研究科修士課程修了）が行ったものである。

プロポリス、アガリクス茸、藍など既知の天然素材抽出成分を粉末化した混合製剤を口中で溶解すると、口腔や食道、胃などの「上部消化管」を取り巻いている粘膜に極微量を接触させ、その刺激で粘膜の接触部位に常在する抗がんTリンパ球の活性化と産生が促され、全身のリンパ免疫が強化される。これを摂取する前後1時間は空腹にする。毎日、3～4回服用すると次第にがん細胞を攻撃するリンパ免疫が優勢になってくる――というものだ。

第4の療法に比べると自分の体内でリンパ球を活性化させ、安全で費用も安い。「口腔粘膜リンパ球活性化療法」はがん治療、予防に高い効果があるというのだ。松田博士は大学院時代、東北大学医学部石田名香雄教授の細菌学研究室に長期学内留学して指導を受けている。石田教授は東北大学総長になった。私は先に触れたように、2006（平成13）年12

月初め、仙台厚生病院で肝細胞がんと診断され同月18日、肝臓右側3分の1を切除された。直径4センチの腫瘍を切り取り転移はなかった。当時は自分ががんになるとは全く思ってもいなかった。ホームドクターである開業医から100台にあったガンマGTP値が200台になっていたので診察してもらったら「肝臓がんかもしれない。仙台厚生病院に知人の内科医がいるのですぐ行きなさい」と言われた。そのとき、MRIなどで精密検査を受けたら肝臓がんと診断された。

「胆管の近くに直径4センチの腫瘍があり開腹してみないとはっきりしない」という。執刀の副院長は胆嚢、肝臓、膵臓の手術で有名な医師でお任せした。術後、副院長先生は「半分切除しようと思ったが、腫瘍は胆管から離れており肝細胞がんだった。3分の1を切除、転移もなかった。少しはお酒いいです」と笑顔を見せてくれた。

そのとき私は72歳。しばらく大丈夫と思ったが、18年9月9日で84歳になった。12年間も生きることができた。人間の内臓で再生するのは肝臓だけ。私の肝臓は再生したのだろう。

人の縁からプロポリスに出合う

1934（昭和9）年に秋田市に生まれた私は、地元の秋田高校から仙台の東北大学文学部社会学科に進み、卒業後河北新報社に入り、ジャーナリストの道を歩んだ。

東北大学百周年記念事業を行う財団法人東北大学研究教育振興財団の常務理事・広報委員長を担当、東北大総長だった吉本高志氏は秋田高の後輩（61年卒）なのだが、医師である吉本さんから「70歳代で切腹したのだから、以後は酒は断ちなさい」と忠告された。彼のような人とつながりを持つ「運」もあったが、新聞記者の中でも酒は飲む方だった私がそれ以降、会合はノンアルコールビールで付き合っている。2007（平成19）年春、研究教育振興財団役員の友人から松田忍先生が開発した「藍プロポリスA」の服用を勧められた。天然素材製剤の自己免疫を高める食品であって友人も服用しているという。

松田先生と仙台メトロポリタンホテルで会い、研究経過などを尋ねた。先生は1938（昭和13）年生まれで東北大学大学院農学研究科修士課程修了後、武田薬品工業中央研究所に28年間在職された。その間、ヒト風疹ウイルス生ワクチンの開発、抗生物質アナフィラキシーショックの発生メカニズムの解明など優れた業績を上げ、中央研究所在職当時、東北大学医学部細菌学教室に長期留学、病原ウイルス、化学療法、免疫学などの分野で石田名香雄教授（後の東北大学総長）から研究指導を受け、70（昭和45）年「インターフェロン誘発剤の研究」で東北大学大学院医学研究科から医学博士号の学位を授与された。さらに日沼頼夫氏（ウイルス・免疫学、元京都大学ウイルス研究所長）、本間守男氏（元神戸大学医学部名誉教授）らからも細菌学教室で長期間研究指導を受けたという。私は東北大学付属病院、医学部の取材で石田教授、日沼教授（文化勲章受章者、秋田県出身）ら多くの先生と知り合った。

医学部不正問題よりも大切なこと

私は1960―70年代に、東北大学などを取材し石田教授や医学部の教授らの研究内容を記事にした。当時は全国的な大学紛争のころで東北大学もキャンパスがロックアウトされ、火炎瓶、投石などが飛び交う中、ヘルメットを被って取材した河北新報第1号である。

思い出深いのは脳外科教授の鈴木二郎先生（1924年生まれ）だ。クモ膜下出血患者の手術を千例以上行い世界でトップ。テレビの手術画像収録を手伝ったりした。外科医は5時間も立って手術する。足腰が丈夫でなければならない。海軍兵学校出身の鈴木先生は大学院学生たちを毎水曜日早朝ランニングさせた。

後に東北大学総長になった吉本高志さんもその中の1人だった。鈴木先生は脳腫瘍で70歳代で亡くなった。「医の倫理」が問題になったころだったが、私は「白い巨塔」と言われる医学部の組織、治療研究内容、私立大学入試などの連載記事も書いた。

いま、東京医科大学をはじめ、医学部の入試不正がマスコミで大きな問題になっているが、開業医の子息はある程度のお金を出して入学してきた。そうした事実を私はいくつも知っている。開業医は中小企業のようなものであり、息子が継がなければ高額の医療器材購入費の返済ができなくなる事情がある。

ただ、ある私立医大の理事長・学長は「成績が良くなければ同窓生の息子でも医学部には合格させない。医者は命に関わる。歯学部を勧めた」と「医の倫理」取材で話した。医師国家試験に合格しなければ医学部を卒業しても医師にはなれない。宮城県内の公立病院に研修医として無資格者を置いてもらった教授もいた。いまごろ大学医学部の入試不正問題をマスコミが取り上げているが、私はそんなことよりがん治療の実態、課題をマスコミがもっと取り上げるべきだと思っている。

記者として医学関係には30代から強い関心を抱いてきたが、小児白血病で早逝する小学生の親子の悲しみを記事にしたこともある。小児白血病は医学の進歩で治るようになっているが、天然素材製剤によるがん治療は、日本のがん治療に新しい道を開いていくものではないかと思っている。本川弘一教授（生理学）は、大学紛争中の1966（昭和41）年に第12代東北大学総長に就任した。69年11月に機動隊を導入させてロックアウトを解除したが、同年1月、部下の内科教授に健康診断してもらったところ、「異常なし」との診断だったのが、9月に腹部がんで急逝した。本川総長にはよく会っていたので驚いた。がん発見が遅れたのか。50年前はそんな時代だった。がん治療は大きく進展したのだが、課題はいろいろある。

2019年、山形大に重粒子線がん治療施設

松田先生とは「藍プロポリスA」を摂取して元気になったことから、その後電話などでがん治療の実態をよく聞いた。一般にがん治療薬には毒

性があり、放射線治療も高額で効果は限られている。

肺がんだったある建設会社社長は高額の費用で陽子線治療を行った。肺がん細胞は一旦消滅したが3年後に再発して亡くなった―。身近にこうした事例は多くある。大手製薬会社勤務の後輩は、膵臓がんで私の2年後に東北大学付属病院で手術、民間療法などの延命策を講じたが4年ほどでこの世を去った。

翁長雄志沖縄県知事は2018年4月に膵臓がんと診断され、手術から3カ月半後の8月8日に亡くなった。67歳だった。翁長氏について「手術しなければもっと生きられた」と週刊誌などで述べる医師がいたが、膵臓がんは術後に抗がん剤治療を行っても助かることは無理というのが医学界の常識ではないか。他にも、漫画・アニメ「ちびまる子ちゃん」で知られる漫画家のさくらももこさんが同月15日、乳がんで亡くなった。まだ53歳だった。

翁長氏の死去を受けて沖縄県知事選挙は9月30日、投票が行われた。翁長氏の後継者として玉城デニー氏が当選したが、「がん」が絡んだ知事選挙であった。

山形大学医学部は国から150億円の支援を受け、重粒子線がん治療施設「東日本重粒子センター」の建設を進めている。国内7例目、東北・北海道では初となる施設だ。重粒子線によるがん治療は、放射線治療の一種だが、巨大装置で加速させた重粒子（炭素イオン）をがん腫瘍に照射し、がん細胞の遺伝子を破壊する。従来の放射線治療に比べると、粒子線は患部に集中的にダメージを与えることができるので、正常な部位への損傷を少なくできるという。

本格的な治療開始は2020年秋がめどだが、国内外から患者を集める施設として、医療ツーリズムにもつなげようと地元は熱い期待を寄せている。

ことほど左様に、がん治療を巡る状況変化のスピードは速い。

相澤雄一郎コラム

column

相澤雄一郎

本庶佑京大特別教授がノーベル賞

スウェーデンのカロリンスカ研究所は2018年10月1日、同年のノーベル生理学・医学賞を、本庶佑京都大学特別教授(1942年1月27日生まれ)と米テキサス大学MDアンダーソンがんセンターのジェームズ・アリソン教授(48年8月7日生まれ)に授与すると発表した。本庶氏は体内で異物を攻撃する免疫反応にブレーキをかけるタンパク質を突き止め、がんの免疫治療薬開発に道を開いたが、その受賞理由は「免疫反応のブレーキを解除することによるがん治療法の発見」というもの。

体内では通常、免疫が働いてがん細胞を異物と見なして排除する。しかし、免疫細胞には自身の働きを抑えるブレーキ役としてタンパク質の分子があるため、がん細胞はこれを使うと攻撃を受けずに済み、がんは進行す

ノーベル生理学・医学賞を受賞した本庶佑教授

る。両氏はそれぞれブレーキ役の分子の役割を発見し、この働きを抑えてがんへの攻撃を続けさせる新しい治療を提案した。

本庶氏のグループが見つけたブレーキは「PD―1」という分子。京都大学医学部教授だった1992年、マウスの細胞を使った実験で、新しい分子として発表。さらにPD―1分子の働きを妨げる抗体をマウスに注射し、がんを治療する効果があることを2002年に報告した。

PD―1の働きを抑える薬は末期患者でも進行を抑え、薬は「オプジーボ」と名付けられ14年、皮膚がんの悪性黒色腫(メラノーマ)の治療薬として承認された。肺、胃がんなどにも効果があるとして使用されている。

ノーベル賞受賞で、「がんは免疫療法薬で治る」ということが、製薬業界で期待されているが、ほかにもがん細胞の細胞膜に近赤外光を当てることで破壊し、がん細胞を確実に殺す新手法が注目されている。国立がん研究センターは日本では毎年38万人ががんで死亡し、新たに100万人のがん患者が出ると予測しているが、「オプジーボ」のノーベル賞受賞に至るまで20年以上、本庶氏ら関係者の研究努力があったことを再確認することが必要だろう。しかし、毎年100万人のがん患者が明らかに減少していくまでにはかなりの年数を要すると見られている。副作用、効果の追跡検証も行う必要がある。

「天然素材製剤」でがんを治療する方法もあるのだが、日本では厚労省、大学病院、製薬会社などの標準治療が決められており、天然素材製剤を使ったがん治療は民間療法に過ぎないとして医薬品と認められない。

「免疫療法」は大丈夫なのか?

本庶教授は遺伝子、免疫療法の研究者だが、肺がん治療薬ニボルマム(商品名オプジーボ）を22年かけて研究開発したが、同省は２０１４（平成26）年に医薬品としての製造販売を承認。小野薬品が販売しているが、薬価が高過ぎて国民皆保険の日本では医療保険財政を圧迫させるとして薬価を段階的に下げた。

当初は１瓶１００ミリグラム73万円だった。それが36万円になり、27万円、18年11月から薬価改定で17万円にまでなった。薬価改定で４割ほど値下げしたが、治療箇所は限定されている。体重60キロの人は１回の投与が１瓶１８０ミリグラムで１年間使うと薬代は１千万円になる。保険から７割が補助されるが、認定されないと自己負担になる。それでも使いたいという患者はいる。がん治療は様々な課題を抱えているのだ。

オプジーボの副作用、効果を検証するため約２００人の患者を追跡検証するというマスコミ報道があったが、厚労省へ聞いてみたが確認できなかった。私はがん治療には隠された「闇」もあると思っている。

健康保険財政がパンクしてしまうという声が出ているが、オプジーボが認可されてから日本では「がんは免疫療法薬で治る」という流れが第2幕に入った。アメリカ、ヨーロッパ、日本の製薬会社はいろいろながんの免疫療法薬の研究開発に取り組んでいるが、新薬の実現は極めて難しく費用も莫大だ。年数もかかる。そのため製薬会社の合併、買収が起きている。

日本の製薬業界で売り上げトップの武田薬品工業は世界で17位だが、15年、19位のアイルランドの製薬大手シャイアーを約7兆円で買収することが明らかになった。製薬会社は18年4月の薬価改定による収益低下に対応するため工場閉鎖、人員削減のほか人工知能（ＡＩ）を使う臨床試験（治験）の短縮にも着手したという。

天然素材混合健康食品で免疫力アップ

一方、天然素剤を使うがん治療用健康食品の研究はかなり進歩を続けている。制がん効果があるとして一般的に使われている天然素材は単一素材であるせいか効能はあと一歩。松田先生はプロポリス、アガリクス茸、藍など天然素材抽出成分を混合した健康食品を研究開発した。素材の相乗効果が出るように調合の仕方も独自に研究した。その「口腔粘膜リンパ球活性化療法」は、口中に入った健康食品を数分間、舌上で舐めるようにしていると免疫を高める成分が上顎部の毛細血管から体内の血管に吸い込まれるように入っていく。

口腔粘膜に常在するリンパ球を刺激することによって体内リンパ球のネットワークを介して一定時間全身に拡大し、他の多数の攻撃リンパ球を活性化してがん細胞やウイルス性がん、ウイルス持続感染細胞などを排除する。それが免疫療法であると松田博士は説明してくれた。

私は肝細胞がんで06年12月に、肝臓の3分の1を切除した。術後、抗がん剤、放射線治療など一切行っていない。内科で採血、CTなどで経過診察を受けてきたが全く異常はなかった。「藍プロポリスA」を口内で舐めるようにして服用し続けた。費用は1カ月3万円ほど。しかし、厚労省承認の薬ではなく、あくまで健康食品である。1日2包を口中に入れて舐めている。上顎部の毛細血管から血管に入り、口腔粘膜に常在するTリンパ球が全身の免疫力を高めているというわけだ。「藍プロポリスA」は種々のがんの術後の予防、治療に効力があると期待できる。

「がん患者の選択」

「藍プロポリスA」を服用した人たちが、「がん患者の選択」というブログを開設している。私は「赤石康」のペンネームで数回投稿している。

母校秋田高校の校訓は「おのれを修めて世のためつくす」。がんで多くの人たちが死んでいる。私は生かされているのだということから「生きることの尊さ、世のためつくす」と書いた。そんな考えで「天然素材製剤とがん治療」について取り上げるのは、日本のがん治療は現状のままでいいのかということを知ってほしいからだ。

我が国の薬事法では、天然素材製剤の新薬品は健康保険適応の認可が極めて困難である。日本は国民皆保険制度であり、高齢人口増に加え医療費が膨張し、数年後にパンク状態になることが心配されている。

一例だと、C型肝炎は肝臓がんになるとしてインターフェロン注射による治療をしてきたが、今はハーボニーという特効薬がギリアド・サイエンシズ社から2015年9月に発売された。薬価は1錠8万円。12週間で1日1錠を服用すると肝炎ウイルスは消滅するという。計672万円かかるが、厚労省は自己負担を月2万円ほどと決めた。C型肝炎ウイルス感染者は全国で150万~200万人ほどいる。肝がんで毎年3万5千人が亡くなっている。C型肝炎の特効薬が開発されたことだけで医療保険財政負担が約1兆円増えたという。ある程度の年数をかければC型肝炎による肝臓がん患者は減少し死亡者は少なくなる。「1兆円の保険財政赤字はいずれ元が取れる」そうだ。

分子標的薬と免疫チェックポイント阻害薬

週刊朝日は「名医の教える日本人の病気の最新治療法」という連載企画を掲載している。２０１８年月14日号で「肝臓がん・薬物療法」という記事があった。私は06年12月、仙台厚生病院で肝細胞がんと診断され肝臓を３分の１切除しているが、記事は「肝臓がんはウイルス性肝炎、脂肪肝の病気が原因。がんの大きさ３センチ以内、数は３個以内。切除しても再発を繰り返す。治療の手立てがなくなる。薬物療法に期待が集まっているが、近年がんの分子標的薬が出てきた。これはがん細胞の異常な性質の原因となるタンパク質を狙い撃つ薬だ。従来の抗がん剤のように正常な細胞を傷つけない。肝動脈塞栓術で効果が出なければ早めに分子標的薬に切り替える」と書いている。

がん患者だった私は同誌を読んで分子標的薬があることを初めて知った。それは、09年に承認されたソラフェニブ（商品名ネクサパール）▽17年6月に二次治療薬としてレゴラフェニブ（商品名スチバーガ）▽18年3月、新たにレンバチニブ（商品名レンビマ）―の3種の薬品である。

副作用で手のひら、足の裏がヒリヒリ、チクチクと痛むそうだが、がん腫瘍は40％ほども小さくなるという。まだ治験段階だが、さらに期待されているのが免疫チェックポイント阻害薬。

がん細胞は、がん細胞を攻撃しようとする免疫にブレーキをかける。免疫チェックポイント阻害薬はその働きを阻害する薬。分子標的薬に比べると副作用が少ない。特に18年3月に承認された腫瘍縮小率が高いレンバチニブと併用すると効果があるという医師もいた。

「光免疫療法」が登場

週刊朝日の記事のようにがん治療方法はかなり進んでいるのは事実だ。しかし、私は分子標的薬を使っていない。仙台厚生病院で半年に1回の定期検査を受けているが、肝臓内科の医師に「分子標的薬は患者の状態次第でしょう。1年後の診察で大丈夫です」と言われた。さらに「近赤外光免疫療法」という「夢のがん免疫治療法」がアメリカで話題になっている。

米国立衛生研究所（NIH）の小林久隆主任研究員（1961年生まれ）が中心となって2020年の実用化を目指して開発中という。オバマ前大統領が12年に米国議会で行った一般教書演説で「米国の偉大な研究成果」と絶賛、14年に小林氏はNIH長官賞を受賞した。

小林氏は京都大学医学部卒。放射線科医師として10年近く働いたが、がんと向き合ううちに外科手術、放射線、抗がん剤治療に限界を感じ基礎研究の道に入った。NIHで20年以上研究した。

小林氏のがん治療法は2段階からなる。1段階はがん細胞だけが持つ固有のたんぱく質だけに結合する「がん抗体」にIR700という合成化合物をあらかじめ結合した薬を用意してがん組織へ注射する。そして近赤外光を照射するとIR700が加熱され数秒間でがんは膨張破裂する。

第2段階では、がん組織の周囲にあるがん攻撃型リンパ球と制御型リンパ球で、制御型リンパ球表面のD25たんぱく質にIR700を結合した薬を注射、近赤外光を照射する。制御型リンパ球が膨張破裂する。この第2段階の方法はさらに研究が必要という。がん細胞を防御する制御型リンパ球に結合する「抗体」に近赤外光を当てると舌がん、咽頭がんに治療効果が出たという。今後、がん治療に大きな貢献をもたらすと期待されている。多額の費用と研究期間が必要で日本でも協力する体制が求められよう。

「がん生存率」以上生きている私

私は肝臓がん手術後、仙台厚生病院で定期的に診察を受けてきた。肝臓内科の担当医師は「術後12年間も、何の異常もない相澤さんのケースはがん患者10人のうち1人くらいだ」と話した。ジャーナリストとしても、日本の死因トップの肝臓がんを少しでも減少させ、がんへの不安を抑えることにお手伝いしたいと思っている。

人間は60兆個、200種類の細胞を持っている。その中にがん細胞が毎日、数千個出現するそうだが明確ではない。免疫細胞が抑制の役目を果たしているが、その免疫力を高めてくれるのが天然素材製剤であると自分の体験を通して確信している。ただし、「藍プロポリスA」は薬品でない「健康食品」だが、これを舐めるようにして元気になっている方は私以外にも大勢いる。

「民間療法」として片付けるのではなく医学会、製薬会社、増加する医療保険財政に悩む厚生労働省は天然素材製剤の研究、検証に取り組んでほしい。


がんによる死亡者は日本では38万人もいる。国立がん研究センターによると2014年に新たにがん患者と診断された人は86万7千人いると公表している。厚労省はこの数字をどうするのか。ピンチの健康保険財政の対応策を同省は検討しているそうだが、なんらかの手立てが求められている。

国立がん研究センターは「がん生存率」を発表している。「部位別5年相対生存率」(男性2006~08年診断例)を挙げたが、私は「がん生存率」以上生きている。

18年に放送されたNHK朝の連続テレビ小説「半分、青い。」で主役の永野芽郁さん(鈴愛)の母親ががんの手術を受けた。医師がパソコンの画像を見ながら父親に「5年生存率は50％です」と言った。父親は「何を言うのか」と怒った。生存率が3年、5年、8年でも「がん」は必ず死ぬ病気なのだ。そして「生存」していても「死」という「不安」から逃れることは出来ない。私は10年以上生きている。そういう人たちは多くいる。

人間は必ず死ぬ。しかし、「がんは怖くない」という社会を実現する方策はあると思う。「がん生存率」はがん治療法に効果があるそうだが、「死の恐怖を招く」という語句であり嫌いだ。

がん患者3年後生存率は71・3％　２０１８年9月発表

国立がん研究センターは２０１８年9月に全国のがん診療連携拠点病院でがんと診断された患者の３年後生存率は、がん全体で71・3％だったと発表した。3年生存率をまとめるのは初めて。継続的に分析することで、新しい薬や治療の効果を早く把握できるようになり、がん対策に活用できるとしている。膵臓がんの3年生存率が15・1%にとどまるなど、5年生存率が低いがんは3年でも低い傾向がみられ、がんの治療法開発が課題として改めて浮かび上がった。拠点病院のうち268施設の患者約30万6千人を分析。主要な11種類のがんについて、がん以外の死亡の影響を取り除いた「相対生存率」を算出した。治療成績を評価する指標として同センターはこれまでに5年や10年生存率を発表しているが、3年生存率は短期間で集計できる利点がある。種類別では肺がんが49・4%、食道がんが52・0%、肝臓がんが53・6%と比較的低い結果となった。一方、前立腺がんは99・0%、乳がんは95・2%、子宮体がんは85・5%と比較的高かった。2008〜9年に診断された患者の5年生存率も公表。全体の生存率は65・8%で08年単独集計の65・2%に比べるとほぼ横ばいだった。患者の約半数を占める70歳以上ではがん以外の死因が多く、心臓病、糖尿病などの持病のほか事故が原因と推測される。

【がん生存率】がんと診断されてから一定の期間後に生存している人の割合。国立がん研究センターなどが、がん以外の死亡の影響を除いた「相対生存率」を、がんの部位や治療法、進行度ごとに集計し、算出する。がんと診断された際に治療でどれほどの人を救えたかの指標となり、治療効果の評価や対策に役立てる。「5年」と「10年」を集計。今回新たに「3年」が加わった。

プロポリスの語源はギリシャ語

私は松田忍博士が研究開発した「藍プロポリスA」を服用して肝細胞がん

2014年がん患者数は86万7千人

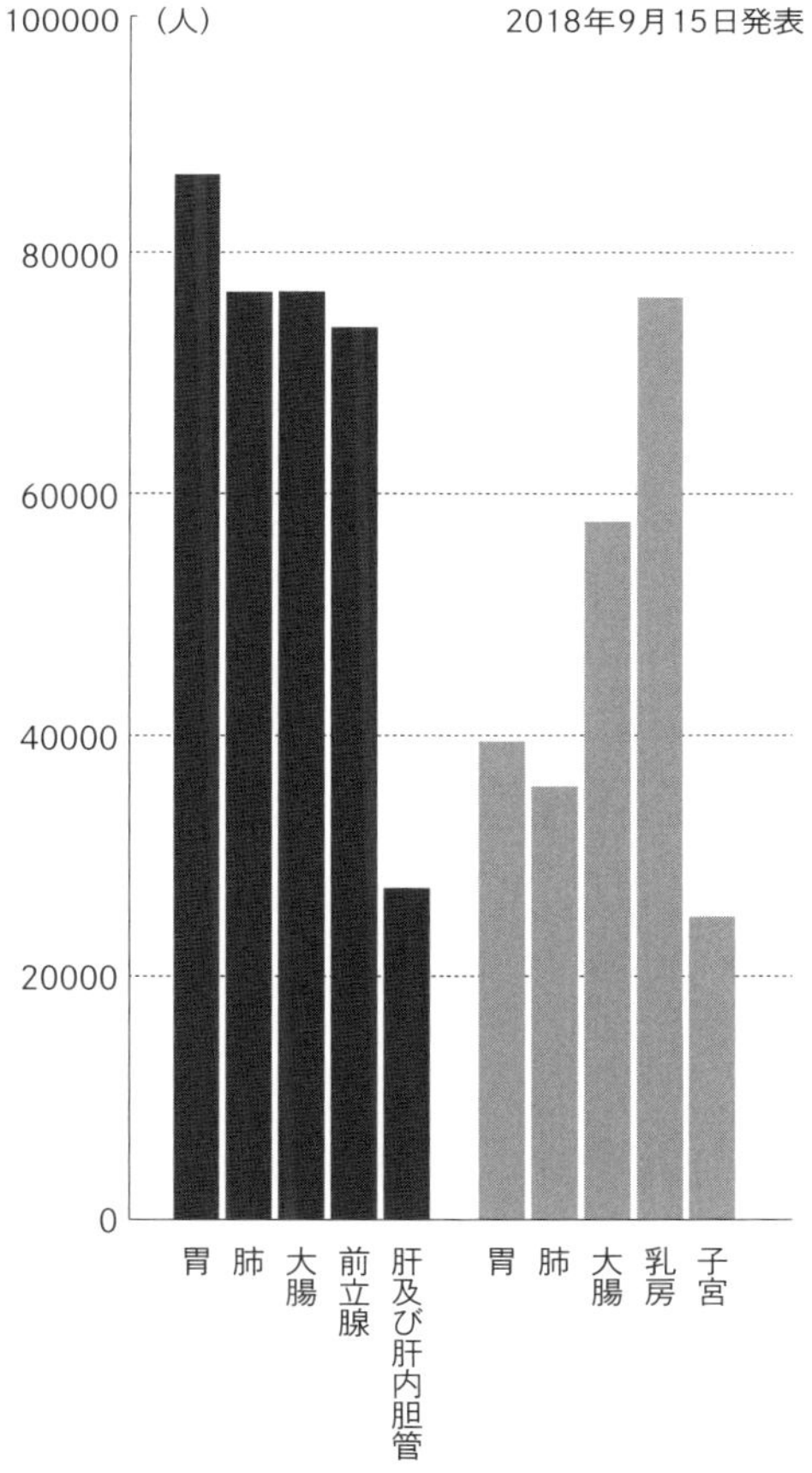

を克服した。プロポリスは天然素材であり、ハチミツやローヤルゼリーのような栄養食品ではない。ミツバチは巣で蜜をためるが、ハチヤニで巣の入り口やくぼみなどに塗布して水や冷気の侵入を防いだり、虫の死骸を封入して腐敗を防いだりする。そのハチヤニを「プロポリス」というのである。プロポリス(ハチヤニ)はフラボノイド(黄色色素)をはじめ多種類の植物成分を含有しており、抗菌性、鎮痛性など多くの薬理活性があることが太古の時代から中東や東ヨーロッパを中心に知られてきた。

古代エジプトの僧侶たちはミイラ作成のための防腐剤にハチヤニを使用し、プロポリスという名称が付けられたという。古代ギリシャの哲学者、アリストテレス(紀元前384~322年)はプロポリスを皮膚病、創傷、感染症の治療薬として使用したと記述している。

その語源はギリシャ語で、「前」とか「防御」を意味する〝pro〟と「都市」を意味する〝Polis〟との複合語で、都市(ミツバチの巣)の防壁という意味である。

プロポリスはミツバチの巣の建築用材である。これが人間のがんなどの治療に役立つ可能性が高い。ミツバチによるプロポリスの原料採集と調整は老齢の一群の働きバチによって行われる。プロポリスの原塊は蜜ろうや異物をあまり含まない良質のものを採取している。採取の方法も色々ある。

日本でプロポリスの効用が広く注目されるようになったのは第30回国際養蜂学会が1985年に名古屋で開催されてからだ。プロポリスの有する種々の薬理作用が注目され、精製抽出成分を主体とした健康補助食品、飲料が市販され人気になった。南米ブラジルに行った旅行者がプロポリス入り瓶を手土産に持ってくるようになった。

私も旅行会社勤務の友人からプレゼントされたことがあり、製薬会社が1瓶数千円(1カ月分)で販売していた。松田博士も武田薬品工業を退職後、健康食品の研究開発を行ったという。

私は松田博士が「藍プロポリスA」の研究開発、商品化にこぎつけるまで様々な難題があったことを知った。南米に多くある天然素材を用いてがんなど難病の研究に取り組んだ故人の東北大学教授の業績も聞いた。

古代から使われてきたというプロポリスの効用についての医学、薬理などの研究は十分ではない。検証、追跡も必要だ。1年間に38万人ががんで死亡し、新たに100万人ががん患者と診断されるという事実。恐ろしいことである。

愚直一徹　がん治療を追う

私は２００６年12月、肝細胞がんで肝臓を３分の１手術した。72歳だった。12年たった18年11月、執刀した石山秀一元仙台厚生病院長（１９５１年生まれ）にお会いした。がん患者だった自分の体験と、毎年38万人ががんで死亡し１００万人のがん患者が出ている実態について「がんからの脱出」という本を出版することを伝えたかった。そして、私は松田忍医学博士が研究開発した天然素材粉末混合健康食品「藍プロポリスＡ」を服用して12年間も生きてきたことも言いたかった。

石山先生は「相澤さんはステージ3だった。歌舞伎の市川海老蔵の妻・小林麻央さんは早く手術していれば生きていました」と言った。なぜ麻央さんのことが出たのか、不思議だった。

自宅に戻り、インターネットで検索したら彼女は人間ドックで「五分五分で乳がん」と指摘されたが生体検査はしていなかったという。そして麻央さんは34歳で亡くなった。私は入院前にMRIなどですぐ検査を受けた。「胆管がんかもしれない。手術しなければはっきりしない」という。手術後、「4センチの腫瘍は胆管からはずれていた。肝臓の半分を切除しようと思ったが、3分の1にした。転移もなかった。酒も飲んでいいですよ」と言われた。

「がんの進行は早い。早期発見して手術が最適」と石山先生は言いたかったのだろう。胆嚢、肝臓、膵臓の手術では有名な外科医である。私が摂取していた健康食品のことも話したが、「患者には服用したいものはお任せしている」と笑った。ステージ3だから私は早期発見ではない。名医による手術は成功したはずだ。ただ、私は抗がん剤、放射線治療を全く受けていない。天然素材健康食品を12年間摂って生きていると思ってきた。同医院では半年、1年間などの定期検査を受けてきたが担当の医師からは「相澤さんのケースは10人のうち1人でしょうかね」と言われた。

天然素材製剤は医薬品の申請基準（薬事法）では「1つの化学構造式で明らかにされた特定の物質でなければ医薬品として申請できない」とされている。自然素材は漢方薬などでは2000年以上も使われており、一つの化学構造式で扱えるものではない。

人体も複雑な有機体で構成され、人間には60兆個の細胞があり、その中には白血球・赤血球、がん細胞などがある。製薬会社は膨大な費用をかけて薬品として認定してもらうが自然素材食品は現状ではボイコットされているのだ。

「藍プロポリスA」を生み出した松田博士は1938年生まれ。現在は高齢で体調も優れない。「藍プロポリスA」は松田氏個人が中心となって開発、製造してきたが、松田博士の健康状態などもあり、製造の継続は無理な状況だ。

「相澤さんは信頼できる方だ。製造法を教えるから継続してくれないか」という話もあった。本書「がんからの脱出」本記で書いているが、私はジャーナリストであり、がん治療が抱える課題や問題をもっと明らかにしていくのが役割と考えている。自分ががんになったこともあるが、本書にも書いているように新聞記者現役時代、東北大学、付属病院を取材、多くの先生たちと知り合った。今は年間38万人ががんで死亡、100万人のがん患者が出ている。肺結核のX線健康診察、「がん見落とし問題」など様々な課題が出ている。

国立がん研究センターは2018年12月25日、がん患者の42％が亡くなる前の1カ月間に痛みや吐き気、呼吸困難などの苦痛を抱えている終末期医療に関する全国調査を発表した。

18年2月から3月にかけて全国のがん患者の遺族1、630人から回答を受けた。最後の1カ月間を穏やかな気持ちで過ごせた人は53％だったという。亡くなる1週間前の時点では27％が強い痛みを感じていた。介護した家族自身の負担が大きかったとの回答が42％に上ったという。大学付属病院には緩和病棟がある。痛みのひどい患者にはモルヒネを注射する。痛みがひどい患者にはモルヒネを注射する。松田忍博士は「天然素材健康食品は痛みを緩和する」と言っていたが、それを医学界ではボイコットだ。

私は雑誌「選択」19年1月号の「肺がん検診は『見落とし』だらけ」という記事を読んで愕然とした。日本では肺がん検診を40歳以上を対象に胸部X線レントゲン検査で実施している。喫煙などハイリスク群には痰細胞検査を追加する。ところが「X線撮影で早期がんを見つけるのは30％程度。低線量CT検査は肺がんによる死亡率を20％も低下させた」とある。開業医はX線レントゲン検査をするだけで4000円程度の委託費が入る。日本医師会との連携か。

今回、本書「がんからの脱出」を出版するに際し、「がん医療の闇」はいろいろあることを知った。毎年38万人ががんで死亡し100万人ががんと診断される。日本のがん医療の実態をもっと知ることが必要だ。

私は天然素材混合食品「藍プロポリスA」を摂取して延命してきた。この本で紹介した「がん患者のブログ」にもあるように体験記は事実である。もちろん、がんの3大治療の一つである外科手術に効果があることは認める。しかし、天然素材は日本の薬事法からボイコットされ薬品として認められていない。これには承服しかねる。

民間療法として、天然素材の研究開発を行っている方々は松田忍博士以外にもいる。日本国内では治療研究はできないが、国外の医療機関で治験して効果が出ればどうなのか。現状では無視のままだろう。

ノーベル賞を受けた本庶佑京都大学特別教授は今世紀中に「免疫療法でがんを克服する」と言っているが、オプジーボががん治療薬として認可されるまで約20年を要した。文部科学省から47億円の科学研究費補助金（科研費）が交付されているという記事（選択11月号）が出ていた。歴代ノーベル賞受賞者で第1位。ＩＰＳ細胞の山中伸弥京都大学教授が約8億円……。

どの分野でも進歩、発展がある。がん治療でも同じだ。研究者は概して「頑固」「一徹」だ。

新聞記者時代に東北大学を中心に取材した。西澤潤一東北大学総長が40年ほど前に半導体の研究発明でノーベル物理学受賞が確定的という情報が流れた。予定紙面を3回ほど制作したが実現しなかった。私は西澤潤一理事長の財団法人東北大学研究教育振興財団常務理事を8年間してきた。西澤氏は18年10月、92歳で死去した。

その「偲ぶ会」では遺影写真を前に「先生、残念でしたね」と口にした。表面的には穏やかだが、「愚直一徹」という常にチャレンジする研究者だった。がん治療の実態を追うのも「愚直一徹」かもしれない。

松田忍先生へインタビュー

インタビュー

松田忍

がん追放悪戦苦闘だったが夢のように満足
研究協力スタッフがほしい

――聞き手は相澤雄一郎

――松田先生は天然素材を使ってがん治療の研究を行ってきました。肝細胞がんで肝臓の3分の1を切除した私は、先生が研究開発した健康食品を服用して12年間生きています。なぜ材料が藍なのか、プロポリスなのか、アガリクス茸なのか――。先生が研究開発した「口腔粘膜リンパ球活性化療法」は民間がん治療の大きな発見と思います。

「悪性腫瘍(がん)は長年、日本の3大死因(悪性新生物、心疾患、脳血管疾患)のひとつで、死因のトップです。私が勤務した武田薬品中央研究所では新薬開発の研究をしてきましたが、専門は病原ウイルス学、アレルギー学、免疫学、東洋医学でした。現役時代は、ヒト悪性腫瘍の研究をしたことはなかったのですが、若いころからウイルス学と隣接の病理学との境界領域にあって人類を苦しめている悪性腫瘍という厄介な難病を何とか安全で容易に予防、治療できる新時代の薬（毒性がない食品）を開発したいと何十年間も考え続けてきました。定年後に生涯をかけようと願って1990（平成2）年に武田薬品を退職しました」

――退職後、その願いを実行したのでしょうが、いろいろご苦労もあったようですね。

「願いを実現するためには同じ志を持つ研究者たちの考えを学ぶことも大切です。岡山県にある林原生物化学研究所に入社し、林原健社長と一緒に研究しました。林原さんは理解力と研究能力に優れ、私は多くのことを学びました。特に今ある置かれた状況で何ができるかを考える習慣を会得できました。林原さんも天然素材製剤によるがん治療を長年考えていました。安全で経口投与でき、幅広く、できればすべての転移性腫瘍に確実に抑制効果を示す安価なサンプルの開発を目指しました。商品『林原プロポリスA』は林原さんが開発したものです。

自分の退職金を元手に数年間で実現しようと決心したのですが、悪性腫瘍の効果的な治療薬は先進国での長年の懸命な努力にもかかわらず成功していません。本庶佑京都大学特別教授が『オプジーボ』でノーベル生理学・医学賞を受賞したのは研究者としては素晴らしいことですが、『がんの免疫療法に道を開いた』というにはまだ課題が多くあると思います」

――「オプジーボ」は2014（平成26）年に医薬品として厚労省から認可されました。治療費は薬価を含め1人3、500万円ということで保険財政がパンクすると驚かれました。一方、「藍プロポリスA」は40包入り1箱1万円（本体価格）。私は1日2包を口中に舐めるように入れています。溶けた粉末の成分が上顎部、舌の毛細血管を通して体中の粘膜を経て血管に入っていく。前後1時間は空腹にする指示なので就寝前、目覚めたときに服用してきました。がんが治るかどうかは分かりませんが、再発はせずに12年間、ジャーナリストとして活動しています。周りには服用している人たちは沢山います。薬事法で日本は縛られていますが、厚労省、医学、製薬業界は生薬を含めた民間健康食品の検証、追跡をしてほしいと思います。厚労省はオプジーボを服用する肺がん患者200人の副作用などを追跡調査することもNHKなどで報じられています。

「定年退職後は孤軍奮闘であり、資金も研究設備も不十分でした。でも以前からの研究仲間、国内外の友人たちが私の無鉄砲な計画に相談に乗り応援して下さった。医薬品新薬の開発は2つの大きな壁があります。薬品会社に勤務してきたので当然分かっていることですが、毒性否定試験（急性毒性、慢性毒性、遺伝毒性）と第1相から第3相に及ぶ大規模なヒト効力試験があります。しかし、私の目標は安全で効果的で安価な方法で多くの人々の悪性腫瘍を少しでも早く治して救命することです。そこで私は視点を変えて常識にとらわれずに通常の医薬品新薬開発の手順をひとまず避け、逆発想で目標達成に取り組むことにしました」

――それが複数の天然素材の利用であり、粉末成分の抽出、調合の仕方ということでしょうか。

「南米ブラジルのプロポリスなどは健康食品素材として優れた有用性と大きな価値があることに注目してきました。20年ほど前、プロポリスについては専門家と思えないような人たちが書いた科学的根拠のない小冊子が出回りました。私はプロポリスは民間伝承薬として使用実績が長く科学的視点からも注目し、天然素材健康食品に加えることにしたのです。さらに同じブラジル産アガリクス茸、江戸時代に生薬として使用された阿波藍、蟻虫冬虫夏草茸などの成分を粉末化して混合しました。混合素材による相乗効果の発現にも期待することにしたのです。

江戸時代から受け継ぎ、今も使われている漢方薬はほとんどが混合製剤。現在、開発され使用されている健康食品はいずれも主成分は単一素材です。しかし、私の『藍プロポリスA』は混合素材であり、口腔粘膜の接触刺激による口腔粘膜常在Tリンパ球を仲介して制がん作用を担う体内の全リンパ免疫機能の大きな亢進が図られるようになったのです。日本食品分析センターは1939年4月2日、『藍プロポリスA』についてマウスを用いた急性経口毒性否定試験を行っていますが、『安全』だという報告書を出しています」

——がんの3大療法は手術、抗がん剤、放射線療法です。抗がん剤には毒性があります。松田先生の健康食品は安全と認定されました。市販していますが、愛用者はどのような状態でしょうか。

「視点を変えて天然素材の混合健康食品を研究開発しましたが、予期した以上の夢のような満足する成果を得ることができました。がんになったが助かったという方、今後の人生に希望が出た—という感謝の声。『藍プロポリスA』の利用者たちの、『がん患者の選択』というブログには様々な声が寄せられています。種々のがんは安全、高率に治癒し再発もほとんど抑制できます。私が開発した健康食品利用者の範囲内のデータですが膀胱がん、肝臓がん、膵臓がん、喉頭がん、皮膚がん、白血病などの治癒、再発、防止効果は多岐にわたります。
悪戦苦闘してきましたが、がん治療に大きな成果があったことは『夢のように満足』です。しかし、私は老齢になり、健康上の障害を抱えています。継続するためには、心ある人たちの広がりが出来上がってがんの追放に健闘してほしいと願っています」

――松田先生は製薬会社勤務もしましたが、退職後、民間人として天然素材を用いたがん治療健康食品の研究を続けてきました。2011年秋、医学学術誌「メディカル・サイエンス・ダイジェスト」（ニューサイエンス社・東京都港区）の「粘膜免疫特集号・11月号」に「論評・口腔内リンパ免疫の重要性―悪性腫瘍、難治性ウイルス感染症等の多種既知天然素材混合物の口中投与による治療」が掲載されています。私は06年12月、肝細胞がんで肝臓の3分の1を切除されました。抗がん剤、放射線治療は受けずに「藍プロポリスA」

を服用して12年間生きています。本書で書いていますが、毎年38万人ががんで死亡、100万人のがん患者が出るのに民間療法は国や大学などから冷ややかに見られる。知人のがん患者に私が愛用している健康食品を試してみては―とすすめるのですが、途中でやめる人が多い。それでいて、抗がん剤治療をしている人は亡くなっていく。民間治療は信用されないということでしょう。国、大学、国立がん研究センターなどは追跡、検証できないのか、と思いますが、「民間までは手が回らない」ということでしょう。

「私のサンプルは健康食品です。医薬品ではないので国の権利、保護は受けられません。40年以上研究してきましたが、悪性腫瘍は思いのほか容易に治癒する病気です。悪性腫瘍が治る可能性を示唆した見解が日本で正式医学雑誌に採用されたのは初めてかと思います。日本のがん治療は今後どうなっていくのか。私が長年の研究で開発した健康食品をさらに発展する協力スタッフがほしい。この本が『きっかけ』になればと思っています」

◇

松田忍先生は体調が優れず、単独で「藍プロポリスA」を製造してきましたが、現状では製造継続は難しい状況です。私はジャーナリストであって現在の日本のがん医療の実態、問題点を報道しています。天然素材を用いたがん治療を目的とした健康食品を研究している方々もいます。「がんからの脱出」を書いたのは天然素材の健康食品をもっと広めたいと思っているからです。

がん患者の選択ブログ

松田忍博士の健康食品で生き返ったＩＴ関連社員

松田忍博士が長年の研究で発明開発した天然素材混合粉末健康食品「藍プロポリスＡ」を服用した方々が自由に投稿している「がん患者の選択」というブログがある。私も２００６（平成18）年12月、肝細胞がんで肝臓の３分の１を切除された。「赤石康」という名前で投稿している。「がんからの脱出」という本を出版したが、天然素材健康食品はがんから脱出する大きな力を持っていると思う。

国立がん研究センターは18年6月20日、「がんはなぜできるのか―そのメカニズムからゲノム医療まで」という本を出版した。同センター理事長・総裁の中釜斉氏は「まえがき」の中で「がんという病気は複雑で難敵な病態を持っている。この本でがんに対する国民の理解が一層深まりがんを克服し、がんと共生できる社会が近い将来に実現できることを期待する」とある。

私は医師でないし新聞記者である。いろいろな分野の方々から取材、特に医学関連は専門書を読んだりして記事を書いてきた。「がんからの脱出」という本を出版する前に、「がんがなぜできるのか」を読んだので多くのことを知ることができた。諸外国研究者も含めて複雑、難解な「がん」の研究、治療に多大な努力を積み上げてきたことが理解でき、私なりに広い視点を持ってがん克服に努めることが必要と思った。

この本では「抗がん剤治療はなぜ難しいのか。がんは多様な変異が組み合わさった細胞が混在する不均衡集団である。遺伝的に多様なレパートリーを持つ集団であるがんは1種類の薬ではやっつけにくい」とある。種々の分子標的薬が乳がん治療などで効果を発揮するようになった。同書の最後に「遺伝子を解析して治療薬を作る時代になってきた」。

「がんゲノム医療中核拠点病院」に国立がん研究センター中央病院、同東病院、北海道大学、東北大学、東京大学、名古屋大学、京都大学、大阪大学、岡山大学、九州大学、慶応義塾大学の大学病院が選定された。がんゲノム医療では患者の腫瘍ゲノムにがん関連遺伝子変異があるかないかを調べて、それに対応する抗がん剤を選ぶという。しかし、日本では毎年38万人ががんで死亡し100万人ががんと診断される。がんゲノム医療の対象者は30万人とのことだが、軌道に乗るまで年数はどのくらいかかるのか。

あとがきに「がん制圧は容易でないが、従来の学問的な枠組みを超えた取り組みを続けていけば近い将来、必ずやブレークスルーが生まれるはず」と書いている。私は「従来の学問的な枠組みを超えた取り組み」をもっとスピードアップして実行してほしいのである。薬事法は14(平成26)年に「医療機器」、を加えて改正されたが、厚労省、日本医師会はボイコットしてきた天然素材健康食品についても検討してほしい。

本庶佑京都大学特別教授がオプジーボでノーベル生理学・医学賞を受賞、「今世紀中に免疫療法でがんを克服しよう」と言っているが、21世紀はまだ80年もある。毎年38万人ががんで死亡し100万人のがん患者が出る。この事実をどうするのか。本庶先生は答える義務があると考える。

「がん患者の選択」ブログには松田忍博士の健康食品を服用して助かったという投稿が多数ある。服用を決断するまでそれぞれいろいろなことが起きている。健康食品も漢方薬など多種類ある。早期発見、早期治療が大切だが、病気には運、不運ということも付きまとう。

そうした投稿の中から「がんで大腸を全摘出しながら1954(昭和29)年11月生まれの男性が10年以上生きている」事実を報告する。東京の私立大学付属病院で2006(平成18)年10月、大腸がんで大腸横行結腸を手術(ステージ3)、40日間入院。退院後6カ月間、再発予防の抗がん服用薬を使用。その後07年5月に、前回の横行結腸手術の際に腸閉塞状態で事前検査ができず、手術時には横隔膜圧迫で心肺停止になったせいか発見できなかったS状結腸の原発がんが見つかり、7月に再手術、大腸を全摘出、小腸を袋状にして直腸へ直結した。さらに08年5月には2回の大腸手術箇所から周辺への浸潤がんが再発した。当時最新の血管新生阻害剤による抗がん剤抗がん点滴治療を受けた。その血管新生阻害剤療法は当時ＮＨＫテレビでも紹介されたが、がんは完治できるものではなくあくまで進行を抑制するまでのものだった。

ＩＴ関係の会社に勤務。２度の手術のそれぞれの後や浸潤がんの再発。点滴治療で短期勤務などで仕事は続けた。抗がん剤の副作用や大腸がないことによる下痢状で体調不良が続いた。浸潤がんは08年12月に「寛解」となって点滴治療を終えた。担当医師は引き続き抗がん服用薬を勧めたが、大腸全摘出による後遺症の下痢状では副作用がきつく断った。

体調は不調で下痢止め薬、睡眠剤を常用してきたが、知人の紹介で松田忍博士と会って09年４月から「藍プロポリスＡ」を１日４包ずつ服用した。同年６月、がんマーカー、ＣＴ所見では異常はなくずっと服用している。

東京のＩＴ関連の会社を60歳で定年退職。大腸がんで２回手術して大腸を全摘。2年半もがん治療を受けて長期入院してきた。

彼は言う。無情な統計学上のがん生存率で全く希望を失いかけていた。大学病院の先生が「あなたは特別ですから…」と言われたそうだが、心身ともに苦痛に悩まされ続けた日々。がんの再発が懸念されたが、その後現在に至るまで、がんマーカー、CT所見でも異常はなくずっと服用している。64歳だが東京に家族を置き、広島県にいる両親の面倒を見ながら裏の畑で農家仕事を手伝いしながら暮らしているということだが、送ってもらった農作業をしている写真を見て驚いた。私は肝細胞がんで手術後12年以上生きているが、苦しい治療をしてきた彼の写真を見て松田博士の天然素材混合健康食品が彼を生かしめた「因果関係」を読み取ることはできないだろうか。「がん患者の選択ブログ」には彼の治療中の写真が掲載されている。別人だ。天然素材混合健康食品ががん治療に効果があることの事実だ。私は新聞記者だ。自分の「目・耳・足」で事実を確かめて記事を書いてきた。

肝細胞がんで肝臓3分の1を切除した私は84歳。ジャーナリストとして亀山紘石巻市長の復興住宅工事背任事件について黒須光男市議を支援して仙台地検に告発している。仙台地検は受理しているが、石巻の「黒い闇」はいつ晴れるのか。

私は「赤石康」という名前で「生きることの貴さ、世のためつくす」と２０１４年11月25日、「がん患者の選択ブログ」に投稿している。この文章を掲載する。

私の周りでは死因はがんという人が多数いる。一方、医師の指示でがん治療を続け、手術後10年以上生きている人もいる。天然素材混合健康食品は日本の薬事法では認められない。がんを克服する手立てもほかにあるということを伝えたいのである。

２０１１年7月3日付で投稿した千葉県在住の主婦について紹介する。58歳の時の投稿である。40歳の時に国立病院で左乳房がんを手術。放射線

畑仕事も出来るようになりました

治療、抗がん剤治療のほか5年間ホルモン療法を受ける。リンパ節転移はなく安心した。10年後の03年6月、左乳房に乳がんを発症、温存手術した。リンパ節転移はなく抗がん剤治療を受けたが、副作用がひどく治療を打ち切りホルモン剤のみ服用した。05年4月、左乳房に乳がん再発、全摘手術。リンパ節転移もあり、死を覚悟した。辛いと言っておられず抗がん剤治療を受けた。07年8月、左胸部と鎖骨上リンパ節へ転移。あんなに頑張ってきたのにと涙が止まらなかった。

実家の父の支援を受けて高額な免疫療法を行った。がんの悪性度を示すデータがマイナスに転じたが、鎖骨上リンパ節の圧迫感は消えなかった。

10年夏、松田先生の「藍プロポリスA」を知った。高価なサプリメントを試したりしたが全く効果はなかった。松田先生からお話を聞く機会があり、これに賭けてみようと思った、という。1日、4包ずつ服用した。11年5月には腫瘍マーカーTPAは400台あったのが72に改善した。同年6月には8日間、海外旅行に行ってきたと書いている。「楽しかった」とある。20年近くがんと闘ってきた方が海外旅行に行くことができたのだ。この投稿は11年7月3日付である。それが最後だった。松田先生に聞いてみた。「事情があったのでしょう。服用を数年でおやめになり、亡くなられた」という。

インターネットで「がん患者の選択」を検索すれば体験者の手記を読むことができる。中国人の投稿もある。

「生きることの尊さ、世のためつくす」

掲載＝2014年11月25日　赤石康（相澤雄一郎）

2006（平成18）年12月18日、仙台K総合病院で肝細胞がんと診断され、肝臓の右側3分の1を切除された。1934（昭和9）年9月9日生まれで72歳だった。胆管の近くに直径4センチ程の腫瘍があり、胆管がんかも知れない。切開してみないと判定できないとのことだったが、幸いなことに原発性の肝細胞がんと判定。術後、主治医先生は「2分の1を切除しようと思ったが、肝細胞がんだったので3分の1にした。胆管がんの場合、再発すれば2回目の手術はできない。人間の臓器で再生するのは肝臓だけ。肝硬変、転移もない。抗がん剤は必要ない。3カ月ごとに血液検査とCT、エコーで経過観察していきましょう。少々の酒もいいですよ。長生きできますよ」と元気づけて下さった。

私は新聞記者稼業。かなり酒をのんできたが、B型、C型肝炎はなく、脂肪肝はあった。GOT、GPTは平常数値、ガンマGTPは100ちょっと。ところがこの年の10月、泌尿器科医院の血液検査でガンマGTPが300近くに上昇した。ホームドクターの開業医にエコー診察してもらったら「肝臓がんの疑いがある。K総合病院消化器内科に後輩がいるので精密検査を受けるように」と紹介された。ＰＥＴ、ＭＲＩなどで検査され、肝臓がんですぐ入院となった。12月1日入院、10日ごろ手術する予定だったが、風邪気味で12月18日、手術室に入った。担当医は胆管、肝臓、膵臓の手術では東北では名医と言われた方だった。長い間、新聞記者をし、医学関係の取材もしてきたので〝人脈〟があり、今回の手術ではいろいろお世話になり感謝している。

肝臓がんの腫瘍マーカーはいくつかあるが、私の場合はＡＰＦ（基準値10・0未満）、ＰＩＶＫＡ－Ⅱ　ＥＣＬＩＥ（基準値40未満）を定期的に血液検査したが、術後は基準値の半分以下で異常はなかった。

新聞社退職後、石巻地域ＦＭラジオ局の社長だったので２００７年1月中旬から復帰した。以来、８年間、異常なくことし９月９日、満80歳になった。

がんになると知人、友人から健康食品などを勧められる。08年夏、知人の紹介で松田忍博士が研究開発した自己免疫を高めるという健康食品を服用することにした。12月に仙台で松田先生とお会いして長年にわたる研究と成果をお聞きした。東北大学大学院農学研究科修士課程終了、武田薬品工業入社、東北大学医学部細菌学教室出向。石田名香雄教授は後に東北大学総長。1970年、医学博士号取得(インターフェロン誘発剤の研究)。私は東北大学文学部社会学科卒だから同窓生同士。石田総長はウイルス研究の権威で私も取材などで親しくしていた。

松田先生の誠実で熱心な研究活動が理解でき、自己免疫を高める健康食品が、私の肝がん再発を防ぐ最良のものであると判断、以来、6年間服用してきた。プロポリス、アガリクス、藍の天然素材を粉末化して抽出した成分の入った健康食品で、空腹1時間後に1~2袋を口中に入れ、数分間、舌状で舐めるようにしていると、免疫を高める成分が上顎部の毛細血管から体内の血管に吸い込まれるように入っていく。その後、1時間ほど飲食しない。私は現在、就寝前と目覚めた時に2袋、同時に気力を高める食品を2粒服用している。

松田博士によると、口中に入った健康食品が口腔内のリンパ球を刺激することによって、体内の他のリンパ球を活性化、がんやウイルスなどの感染症を排除する免疫療法であると説明する。口腔粘膜接触刺激による自己治癒力亢進法(リンパ免疫力活 性化法)として免疫関係研究誌で紹介されている。

私は肝がんが見つかった1年前、前立腺がんの生検で採取した12個のうち4個にがんがあると診断された。骨シンチ検査、CTスキャンをしたが、がんは前立腺内にとどまっているというので、LH―RHアゴニスト注射、男性ホルモンを抑える薬を服用。半年ほどでPSA数値が5・8から0・03以下になった。その病院は放射線治療を勧めたが、説明が不十分で断った。知人から紹介された泌尿器科医院で生検をしたところ、前立腺にがん細胞は見つからないという。月1回の注射は行いPSAの検査は続けた。ホルモン注射後、36度程度の体温が37度を超えるようになった。がんは体温が37度を超すと消滅するとも言われるが、その医院で再び生検査したが、がんは消えていた。

ところが2006年12月18日、肝細胞がんで肝臓の右側3分の1を切除した。08年夏から松田博士研究開発した免疫を高めるという健康食品を服用するようになった。

がんになると高価なものを服用し、免疫療法を受ける方も多い。私は60歳でゴルフ公認ハンディ13。〝切腹〟してからゴルフもお酒もやめた。松田博士の健康食品代金は趣味をやめた費用で賄える。食事は特に注意していない。

新聞社退職後、石巻地域FMラジオ社長を9年間引き受け再建させた。東日本大震災が発生した11年3月11日の1カ月前に退任した。地域ラジオがあったので各種情報を伝え、感謝された。時々、仙台からマイカーで石巻へ行く。月1回、シャンソン教室で歌っている。「生きる」という歌詞の1節に「生きる　生きる　今になって私は　生きることの尊さを知った」とある。創立１４０周年を超えた母校の高校では、校歌の1節の「おのれを修めて世のためつくす」を校訓にしている。満80歳。「世のためつくす」の気持ちは持ち続けたい。

野球少年だった――

私は1934(昭和9)年9月9日生まれ。戦後に6・3・3・4制となる新学制第1期生である。国民学校から旧制秋田中学校に入ろうと思っていたのが、それが無くなったのである。旧秋田師範学校の寄宿舎が高陽中学の校舎になった。農業県なので食糧にはあまり不自由しなかった。野球部に入って師範学校の運動場で練習した。ズック靴だがはだしの仲間もいた。2年生の捕手が親指をけがして破傷風菌が入ったのか。先生がペニシリンをどこからか買ってきたのか、数本持ってきて注射したが、それだけではどうにもならない。1週間ほどで去っていった。アメリカ軍人は戦争中、ペニシリンで助かった人が多いと聞いた。夏に行われる秋田県中学校野球会秋田市予選では1回戦で負ける弱小チーム。2年生秋から秋田師範学校時代、甲子園に出た30代半ばの先生が監督になった。冬も体力を鍛え、ノックも厳しいスパルタ練習。ピッチャーは精肉店の息子で、合宿に肉をいっぱ

野球少年時代の相澤氏

い持ってきた。3年生で私は主将になった。そのチームが49（昭和24）年、秋田市大会で優勝、秋田県大会に出場したが準決勝で敗退した。思い出多い野球少年時代だった。甲子園を夢見て秋田高校野球部に入ったが、1学期で退部した。当時は食糧難時代で秋田、岩手、青森の3県から1校だけが甲子園に行けた。投手が良くなければ出場は厳しい。岩手県が強かった。2年後輩チームに名投手が入ってきて秋田高校は甲子園へ行った。金足農業は2018年夏の甲子園100回大会で準優勝した。剛腕吉田輝星投手の力が大きい。第1回（1915年）大会は秋田中学が決勝で京都二中と対戦、延長13回2―1で敗れた。1915年は大正4年。秋田市は明治のころから野球をやっていたハイカラな町だった。

私と石巻　そして大震災…

秋田高校から東北大学文学部社会学科に進み、卒業後の1958年4月、河北新報社に入り、新聞記者になった。地方紙なので政治、経済、教育、遊軍などを担当するオールラウンド記者だった。

70年代には東京支社に3年間勤務した。当時は、田中角栄、福田赳夫、三木武夫—各首相の時代だ。東京支社長時代には、新聞協会ソ連経済視察チームに参加し、モスクワ、キエフ、タリン(バルト三国)、バイカル湖、シベリア、中央アジアなど旧ソ連圏各地を3週間で回った。知人のNHKモスクワ特派員は「われわれ特派員はモスクワ中心から半径20キロ範囲しか動けない。ほかへ行く場合は許可が必要だ」と言っていた。知人は赤いブルーバードに乗ってモスクワ周辺を取材していた。

海外はアメリカ、中国、台湾、韓国、北朝鮮などに行ったが、台湾の李登輝総統(1923年生まれ)は忘れられない方だ。李氏は京都帝大卒で日本語は流ちょう。河北新報など11社で構成する火曜会編集局長グループが91(平成3)年6月に訪台した際、約1時間、中国との関係などを聞いた。

そのとき総統は、「地方新聞の皆さんのほうが信頼できる。中国から鄧小平さん(当時副主席)も台湾へどうぞ来て下さい。中華民国台湾となっているが、中国と台湾は仲良く交流することだ」と話した。あれから25年たった2016年、仙台であった李登輝氏講演会でお会いした。93歳になられていた。プロテスタントを信仰し信念を持った方だ。松島に李登輝さんの碑があり日本との交流を話された。

本社では、報道部長、編集局長、常務などを歴任した後、石巻市などを地盤とする地域新聞「石巻かほく」を経営する三陸河北新報の社長を6年間、さらに地域コミュニティ放送「ラジオ石巻」の社長を約9年間担った。ラジオ石巻を退任した1カ月後、11（平成23）年3月11日、東日本大震災が発生した。

人口15万人を擁する、県下第二の都市である石巻市は最大の被災地になった。新北上川沿いの大川小学校では74人の児童と20代を含む10人の教職員が津波の犠牲になった。石巻市にある小中学校では、1校で74人もの犠牲が出たのは大川小学校だけだ。新北上川沿いには5校あるが，高台や山へ先生たちと逃げて犠牲者はいなかった。

大川小学校の惨事は亡くなった23人の児童の19遺族が23億円の賠償請求

訴訟を起こした。仙台地裁、仙台高裁は石巻市、宮城県に義務教育下の小学校で74人もの児童らが津波の犠牲になったのは管理責任、事前安全対策に不備があったとして約14億円の支払いを命じる判決を下した。判決内容は異なったが、地裁は義務教育学校管理下の事故だとして児童と共に亡くなった9人の教師個人（1人は行方不明）に避難警告があったのに裏山へ避難させなかった責任があるとした。

一方、高裁は北上川沿いに校舎があるのに事前の防災安全対策が不十分で、避難計画の見直しもしていない。県の地震被害想定（04年策定。マグニチュード7・4の宮城県沖地震関連）を石巻市はそのまま使っていたなど宮城県、石巻市、県教委、市教委に組織として安全確保対策を講じていないという責任を求めた。石巻市、宮城県は地裁、高裁いずれの判決にも不服として最高裁に上告した。最高裁が今後どう判断するのか。津波発生から1日当たり26万円の利息が付いている。約20億円の賠償金をどうやって支払うのか。亀山紘市長、村井嘉浩宮城県知事はどうするのか─。

亀山紘石巻市長の不正追及続く

亀山紘石巻市長の任期は2021年4月。新蛇田地区復興住宅182戸の工事費43億8、400万円と契約したが大和ハウス工業に建設変更書面が存在しないのに3億4千万円上乗せして47億2、400万円支払っていた。黒須光男市議は18年2月、仙台地検に亀山市長を背任で告発、同地検は4月に受理。さらに湊地区101戸の工事費30億6千万円に3億9千万円上乗せして34億5千万円支払っていたことも発覚、仙台地検は9月19日受理した。東日本大震災最大の被災地石巻市では亀山市長の支援者である元青年会議所理事長・藤久建設社長の震災がれきチョロまかし事件が週刊誌報道され、伊藤秀樹社長(1938年生まれ)は1億1、500万円を石巻市から詐取したとして石巻署に逮捕され、懲役4年の実刑判決を受けた。仙台地検は約半額の5、780万円を詐取額とした。石巻市は藤久建設の破産管財人に対して5、427万円の損害賠償請求したが、自己破産した同建設からいくら回収できたのか。618万円を回収したという。

ところが環境省は石巻に対して被害額の9割近い約4、800万円は国からの補助金であり国に返還する必要であるという命令を出した。宮城県の補助金を加え合計5、200万円を市費で返還することになり、亀山市長は責任を取って給与を4月から6カ月間20％減額する提案を行った。昨年7月から環境省と協議してきた。震災がれき処理詐欺費を石巻市が肩代わりするのはだれの責任なのか。亀山市長は告発された伊藤秀樹社長をかばい続けてきた。「伊藤社長のがれき処理不正額は3億円に上る」というのが石巻市担当者の見方。当時の北村悦朗副市長は市議会の追及に「告発すべき」と発言している。現在の石巻市議会はどのような判断をするのか。

大川小学校74人の児童津波惨事に対する賠償請求訴訟の仙台地裁、高裁の判決について石巻市、宮城県は最高裁に上告しているが、1日約26万円の利息で賠償額は約20億円に上る。亀山市長の責任が問われる。任期の2021年4月まで保つのか、という情報が出回っている。

石巻市には1兆2千億円という巨額の復旧復興費が国から補助されている。亀山市長に対する背任告発、仙台地検受理など起こること自体、一体何をしているのかと言いたい。

大川小74児童　津波の犠牲は人災だ

文部科学省と宮城県教委は２０１２年12月、大川小事故検証委員会を設置して大惨事の原因を調査することにした。市教委、遺族が加わらない第三者検討委員会で、室崎益輝神戸大学名誉教授が委員長になった。室崎委員長は１９９５（平成７）年１月17日発生の阪神・淡路大震災の復興対策の関係者。

同委員会では、次女（当時６年生）を津波で失った佐藤敏郎さんが遺族側代表の立場で、なぜ74人の児童が犠牲になったのかなど市教委、学校側の責任を問いただした。

しかし設置要綱には「法律上・行政上の責任を所掌に含むことは困難」と書かれている。この検証委員会は当時の文部科学省官房長の前川喜平氏、宮城県教育委員会の高橋仁教育長が協議して設置、石巻市の亀山紘市長が５７００万円の市費を出した。私は検証委員会をマスコミ関係者として傍聴した。仙台地裁の判決裁判も傍聴した。校長はじめ市教委のあまりにも無責任な対応の実態に大津波のせいもあるが、これは「人災」であると確信した。

大震災のあった３月11日は金曜日。石巻市内の小中学校で自宅などへ帰って子供が犠牲になったケースはあるが、学校にいて津波で亡くなった小中学生は大川小を除くと１人もいない。

70キロ離れた自宅からマイカー通勤した当時の柏葉照幸校長の無責任さ。さらに学校管理上いくつか問題が指摘されていた校長の言動はどうなのか。しかも震災当日は中学生の娘の卒業式ということで不在。

柏葉校長は仙台の私大卒。代用教員を４年間やって教員免許を取得。旧泉市の小学校教諭をして、12年後に教頭に昇任。児童１５０人の小学校教頭から28人の小規模校に転じると３３０人の大規模校――。再び65人規模など12年間で教頭５回という異常な経歴だ。地震発生当日はスクールバスが校門前道路に待っていた。写真が趣味なのか、校長2年間で児童、校舎近辺など1万枚以上の写真を撮影していることを保護者が知った。その写真を父母のパソコン画面で見せてもらった。修学旅行の児童写真などすべてスナップ。正面からは1枚もない。プールで水着の後ろ姿の高学年女児もいる。「異常な校長」といううわさが流れた。

私は検証委員会6人の中の元宮城教育大学教授に「校長の責任は検討しないのか」と聞いたが、元教授は「この委員会では協議できないことになっている」と言った。設置要綱には最初から「法律上・行政上の責任を所掌に含むことは困難」と決めている。

検証委員会に出席してきた父母の中には「事故の責任をきちんと明らかにしてくれると思っていた。だまされた」と語る人もいた。検証委員会は一体何だったのか。

大川小1校だけで74人の児童が津波の犠牲になったのである。石巻市内の他の小中学校で、学校内にいた児童・生徒は1人も亡くなっていない。これは人災でないのか。柏葉校長は定年2年前に退職した。退職金は受けた。

当時、女川町立中学の教員だった佐藤敏郎さんは、大川小学校に通う娘を亡くした。その後、奥さんとともに教師を退職し、「小さな命の意味を考える会」を作り、学校防災について講演するなどの活動をしている。

私は報道部記者のころ教育担当をしたことがある。校長人事は県教委に最終決定権がある。柏葉校長の経歴などを調べた。教頭職を5校もやり、大崎教育事務所管内から石巻教育事務所管内の大川小で初めて校長に昇格した。私は高橋仁県教育長に取材を申し入れたが断られた。校長職に不適格な教員だったとしか思えない。つまり、この惨劇は「人災」なのだ。

石巻市は防災行政無線の老朽化を放置

国の地震予知委員会は1978（昭和53）年6月12日に発生した宮城県沖地震（マグニチュード7・4）クラスの大地震が20～30年以内に発生する確率が高いと警告していた。

私が石巻市で働いていた当時の土井喜美夫、亀山紘市長には防災行政無線は老朽化しており、ラジオ石巻の放送を利用することを勧めた。しかし、亀山市長は「合併特例債30億円でデジタル化する」と言うだけだった。

私は軽自動車に無線中継機を付けた中継車を350万円で配備した。ラジオ石巻の社屋は津波被災にあわなかったが、停電した。その間、無線中継機を市役所4階に移して社員、アナウンサーは災害情報を放送し続けた。「ラジオ石巻」が被災者たちの大きな支え役になった。

大震災があった時、私は9年間務めた社長を2月中旬で退任したので仙台の自宅にいた。鈴木孝也専務らスタッフは大健闘した。鈴木さんは私と一緒に「石巻かほく」創刊に携わり、引き続きラジオ石巻の経営再建に協力してくれた。震災後、鈴木さんは「ラジオがつないだ命」という本を出版した。地域FMラジオとして被災者たちにきめ細かな救命情報を放送した。防災無線放送改修工事はできるはずはない。ラジオ石巻の無線放送中継機マイクを通して亀山市長は「市民の皆さん復旧に頑張りましょう」と呼び掛けた。

亀山市長は東日本大震災発生当日、仙台で講演しており公用車で戻った。津波で市庁舎に入れず石巻赤十字病院に2泊し、3日目の昼にカヌーで市庁舎4階の市災害対策本部に入った。当時、トップリーダーの責任を批判する職員の声があった。

原発の『安全神話』吹き飛ぶ

肝細胞がん手術後、仙台の自宅から石巻へマイカー通勤するなどして被災後の石巻復旧にジャーナリストの立場で支援した。

復旧・復興費が国から石巻市に1兆2千億円交付された。がれきで埋まった中心部はボランティアの応援があって交通事情は回復したが、復興住宅、企業のビル建設などでは不正な復興マネー事件が相次いだ。

2016年9月、「東日本大震災最大の被災地・石巻　病める『海のまち』闇」のタイトルで、単行本をモッツ出版（高須基仁社長）から発行した。ほとんどの原稿は私が書いた。大震災から7年半過ぎたが、亀山紘市長は新蛇田地区復興住宅182戸をめぐって大和ハウス工業に設計変更書面が存在しないのに、2014年5月、43億8、400万円の工事費に3億4千万円を上乗せした47億2400万円を支払っていた。

黒須光男石巻市議は市長の背任であるとして18年2月、仙台地検に告発。仙台地検は4月に受理して捜査を行っている。その後、湊東地区101戸の工事費30億6千万円に3億9千万円上乗せし、34億5千万円支払っていたことも発覚、仙台地検は9月19日受理した。

復興住宅は公募型買い取り制度要要綱で入札価格が決まっている。上乗せ金額の工事内容の文書は、市議会議長に提出されたが、工事用の井戸設置、電源工事などに疑惑がある。

菅原秀幸副市長ら職員3人の背任告発も受理された。大和ハウスと石巻市の疑惑は震災発生後7年以上過ぎたのになぜ今ごろ文書が出てくるのか。「病める海のまち　闇」の復興マネー事件は続いている。

仙台地検は亀山石巻市長に対する背任告発を受理しているが、追加工事

蛇田復興住宅

内容が明確でないため捜査している。中央地域の下水道工事で大手ゼネコンの入札を巡っての疑惑も持ち上がっている。

亀山市長の3期目任期は2021年4月である。市長の参謀役、石巻商工会議所会頭の浅野亨氏が組合長となって建てた7階建ての中央復興ビルが「アサノマンション」と言われているように34億円の建設費のうち8割は国の補助金だ。

「アサノマンション」2階に社会福祉法人一視同仁会デイケアセンターが開設されているが、石巻市は2億700万円の交付金を支出している。これも「闇」の一つだ。最大の被災地、石巻の「黒い闇」はいつ晴れるのか——。

「病める『海のまち』闇」を出版

東日本大震災の最大被災地である石巻市は大津波に襲われ、人命のほか家屋、会社など大きな被害を受けた。復旧・復興は大変と思ったが、隣県の福島県は太平洋岸に立地する1号機から6号機まである東京電力福島第1原子力発電所が高さ6メートルを超す津波により、1～3号機は地震と水没で自動停止。電源は地下1階にあり、炉心への注水ができず、1号機はメルトダウン(炉心溶融)を起こし、2、3号機もメルトダウンー。3月14日午前11時、水素爆発で建屋が壊れ、大量の放射性物質が屋外に放出された。ヨウ素131という危険な放射能だ。4、5、6号機は定期検査で休止していた。福島県では県外へ転居するなど十数万人が原発避難した。原発の「安全神話」はどこかへ行ってしまった。

最大の被災地・石巻のことは国民の関心から吹き飛んだかのようになった。女川町の水産加工会社に来ていた中国人従業員は母国へ逃げるように帰った。

宮城県には女川原子力発電所1、2、3号機がある。東北電力副社長だった平井弥之助さん(1902年生まれ、東京帝大工学部卒)は、7世紀、平安前期の869(貞観11)年に起きた貞観地震の大津波で多賀城一帯が大きな被害を受けたことを知っていた。

2、3号機は高さ14メートルの場所に建設した。建設場所を高くしたことでメルトダウンを免れた。女川町は最高14メートルを超す津波で町民574人が死亡、253人が行方不明となった。女川原発入り口に3月11日夕方、約100人の住民が助けてほしいと逃げてきた。所員たちは原発対応処理で大変だったが、体育館に避難させた。次々と行き場をなくした沿岸部の住民がやってきた。6月6日まで最大360余人が避難、食事もお世話になった。妊娠中だった女性がヘリで仙台に運ばれ、元気な赤ちゃんを出産したという出来事もあった。震災の混乱でマスコミに報道されたのはずっと後だった。

同じ原発でも福島原発は注水用発電機を地下ではなく1階に置けなかったのか。メルトダウン、放射能汚染で十数万人の住民は原発設置地域から遠くへ避難した。米国GEの沸騰水型原子炉で設計図通りに建設したのだろう。福島原発は元陸軍飛行場跡地一帯で高さは30メートルあったが、地盤が弱く20メートルほど掘り下げて建設した。

「もっと人のいる場所に置けばよかった」

―科学技術庁長官佐々木義武大先輩の発言―

私は東京支社編集部勤務時代、衆院秋田１区選出の佐々木義武議員が１９７４（昭和49）年、科学技術庁長官に就任したので取材に行った。東北各県出身議員については、大臣就任時に抱負などを書くが、佐々木氏は私と同郷で高校の先輩であり、旧制秋田中学時代は野球部で甲子園に出場している。秋田市の選挙事務所の秘書とは付き合いがあり、個人的なことも話になった。佐々木さんは09年４月３日生まれ、東京帝大経済学部卒業後、南満州鉄道に入社。戦後、経済安定本部に転じ、初代経済復興計画室長として傾斜生産方式による政策の遂行に敏腕を振るった。科学技術庁原子力局長を務め60（昭和35）年に自由民主党公認で秋田１区から衆院議員に初当選し、９回当選。大平内閣で通産大臣もした。

佐々木義武氏

長い新聞記者稼業なので多くの方々と接してき

たが、東京電力福島第1原発爆発事故と放射能大量放出が起きたことによって、大先輩・佐々木義武さんとの会話が今でも耳に残っている。

原子力局長の経験があるので、科技庁長官就任の取材で、原発のことを聞いた。

「東海村に原発1号機を建設したが、もっと人がいる場所に置けばよかった。人間がいると注意はするものだ」と言った。

佐々木さんは当時65歳。福島の陸軍飛行場跡地など一帯に原発を次々建設中のころだった。大熊町の1号機は71（昭和46）年3月に運転を開始していた。東海村で日本初の原子力発電所が運転を始めたのは66（昭和41）年7月だ。それから8年後のことである。

「もっと人がいる場所に──」と言った言葉に一瞬、驚いた。

「どこなんですか」と聞いた。

「横須賀辺りだな」

私は「それは無理でしょう」と言った。そう言ったやり取りは記事には書けない。心の中に仕舞っていた。

ただ、「当時は送電施設が不備でそう言ったのかも……」という電力関係者がいた。佐々木先輩の発言は本心だったのか。それともいつかは事故が起きると考えていたのか。日本初の商業用運転となった茨城県東海村の原発「東海発電所」はトラブル、事故が次々と起きた。98（平成10）年3月で運転を終了した。

大量の放射能汚染、核燃料棒廃棄など福島原発事故の終息は全く先が見えない。「もっと人のいる場所に置けばよかった」と言った佐々木義武さんは77歳で鬼籍に入った。先行きを見通すことは本当に難しいことだ。今の日本政治も同じだ。

60年代は高度成長と共に電力需要が高まりエネルギーの活路を原子力発電に求めた。「安全神話」はどこで、だれが作ったのか。マスコミにも責任があると思う。

女川1号機、2018年10月に廃炉決定

東北電力は2018(平成30) 年10月25日、女川原発1号機(出力52万4000キロワット、沸騰水型)の廃炉を決めた、と発表した。運転開始から35年目のことである。

東日本大震災当日、運転を自動停止した。再稼働運転延長すれば安全対策費に1000億円前後かかることもあって、採算が合わないと判断した。女川2、3号機(出力各82万5000キロワット、沸騰水型)は再稼働を検討している。

女川原発第1号機は廃炉決定したが、廃棄物はどうするのか。課題は大きい。東北電力は2019年上期に原子力規制委員会に廃止措置計画を申請する。解体作業は130~140年かかるという。

廃炉工程は使用済み核燃料をプールから取り出して設備を除去した後、放射線量の低い場所から解体する。最初の関門となるのが、1号機の使用済み燃料棒821体の運び出しだ。

搬出先の日本原燃再処理工場（青森県六ケ所村）は2021年度上期の完成を見込んでいるが、完成延期は24回繰り返している。稼働は見通せるのか。使用済み核燃料棒は冷却する必要があり、女川の2、3号機の核燃料プールに移して留め置かれる事態が現実味を帯びる。だが、2、3号機も容量5056体に対して既に65％（3281体）がプールに入っている。

1号機の821体を加えても4102体。954体残るが、10年程度の貯蔵余力で大丈夫か。対案は金属容器に入れて空気で冷やす「乾式」による中間貯蔵という。原発廃止は使用済み核燃料棒の廃棄処理だけではない。廃炉工事の解体廃棄物はどうするのか。女川1号機とほぼ同じ中部電力浜岡1号機（静岡県）の廃棄物量は7400トンを見込んでいるという。処分する場所はどうするのか。

私は河北新報の地域新聞「石巻かほく」の創刊責任者で1980年4月、石巻総局長として赴任した。女川漁業組合に対する多額の漁業補償金が解決した後という時代だった。建設現場へスタッフとしばしば取材に行った。補償金を巡る疑惑も聞いたが、新しいエネルギーを作らなければ日本は成長しない、と考える時代だった。

小泉純一郎元首相らは今、「原発ゼロ」を叫んでいるが、私は違う。原発廃棄物処理、再生エネルギー問題、巨大地震対策など日本列島が直面する課題が多々ある。最高責任者の首相が「決断と実行」をしなければ誰がするのか。

首都圏にある唯一の商業炉である日本原子力発電東海第2原発（茨城県東海村、出力110万キロワット、沸騰水型）について原子力規制委員会は2018（平成30）年11月7日、20年間の運転延長を認めた。再稼働には周辺6市町の同意（事前了解）が必要となるが、同県那珂市の海野徹市長は同年10月に「再稼働反対」を表明している。東海第2の30キロ圏内には原発としては全国最多の96万人が住んでいる。14市町村では避難計画を作る義務があるが、策定できたのは3市だけだ。

東海第2は1978（昭和53）年11月に運転を始めた。東日本大震災後に、運転期間を原則40年とした制度だが、開始60年の時点でも設備の老化は問題ないとして2038年11月までの延長を認可した。延長認可は高浜第1、2、3（福井）と東海第2の4原発がある。

第2部

マスコミ人生60年

がん脱出、震災、原発…私の思い

私は2013(平成25)年4月、「地方と共にマスコミ人生50年」という小冊子を出版した。河北新報新聞記者として歩んできたことを振り返ったもので、思い出すと楽しいことが沢山あった。編集局長、編集担当常務もしたので普通なら私の人生はこの辺で終わりだろうと思ったが、人生はそんな甘いものではない。06(平成18)年12月、肝細胞がんで肝臓の3分の1を摘出された。腫瘍は4センチあった。72歳だった。抗がん剤、放射線治療など全く受けずに12年間、生きている。プロポリス、アガリクス茸など天然素材粉末混合食品を服用してきた。

11(平成23)年3月11日の東日本大震災最大の被災地石巻市では今もって1兆2、000億円の災害復旧復興費をめぐる黒い闇が晴れそうもない。

大川小学校74児童の津波惨事は国家賠償請求裁判となり仙台地裁、高裁判決は最高裁に上告中。文科省、県教委、石巻市の大川小事故調査検証委員会設置要綱には「行政上、法律上の所掌は問わない」とある。無責任な校長を発令した県教委の「人災」という声もあるが最高裁はどう判断するのか。

私は1980(昭和55)年4月、河北新報石巻総局長として地域新聞「石巻かほく」創刊の現地責任者となった。

マイカーで女川原発建設地へ行き新エネルギーの誕生を楽しみにしてきた。女川の浜辺はキュキュという「鳴り砂」が有名だった。石巻総局長になる前に東京支社編集部に勤務した。秋田高校先輩の科学技術庁原子力局長の佐々木義武氏が74(昭和49)年科学技術庁長官に就任した。日刊ゲンダイ2019年1月9日付の私に関連する「マスコミ人生60年・豪傑列伝」で「科学技術庁長官の言葉を思い出す」「『安全神話』が吹き飛んだ日」という記事が出ている。女川2、3号機は平沢弥之助副社長の進言で高台に建設したのでメルトダウンしなかった。小泉純一郎元首相は「原発ゼロ」を主張している。東北電力は女川1号機の廃炉を決めている。「原発ゼロ」は今後の展望として私も賛成だが、その前にすることがあると思う。使用済み核燃料棒、解体原子炉など廃棄物をどのように処理するのか。地中に埋設するのか。20年後、30年後をどうするのか。ある程度の継続運転は必要だろうが、日本の国として政治のトップリーダーの責任が問われる。

私は「がんからの脱出」という本を出版した。毎年38万人ががんで死亡して、１００万人のがん患者が出ている。天然素材の混合食品は薬事法では認められないが、延命、治療効果があることを実例で示している。この本を読んでほしい。

「地方と共にマスコミ人生50年」

私は1934（昭和9）年9月9日生まれ。秋田高校を出て、54（昭和29）年4月、東北大学文学部に入学した。在学中、学友会加盟の東北大学新聞会に参加した。「東北大学新聞」は月2回発行（4～8ページ。購読料半年120円、年間240円、1部20円）、部数は約3000部。スタッフは文、法、経、教、工、理各学部約20人。女子学生も数人いた。編集部、営業部に担当を決めていたが、オールラウンド。部長は民法の大家、中川善之助教授、ほかに西村貞二教授（西洋史）が顧問として参画した。全学の言論機関を目指し、東北大学に生活するものの共通の広場として編集していた。

東北大学の学生運動として有名になったイールズ事件（50年5月、GHQ民間情報局顧問のW・イールズの講演会が学生の反対で流会した。イールズは「共産党の教授は大学を去るのが適当」と各大学で講演。反対学生を処分した）から4年過ぎ、学生自治会の活動もそれほど活発でなく学内は平穏だった。

56（昭和31）年11月20日に第10回大学祭記念号として12ページを発行したが、1面は新明正道教授（社会学）と西村貞二教授（西洋史）が「現代文明を批判する」のテーマで対談している。

この中で、マスコミの功罪について新明教授は「最近のマスコミの機械化は相当なもので、個々人が機械でコミュニケーションの道を作ることは不可能になる。マスコミを扱う人間は、国民の多様な意見をうまく受け取って一律に画一化しないようにやってくれればよいが、大企業や国家が関与すると、そういう雅量はますますなくなります」と、現在の新聞にも当てはまるような警句を述べている。

手元に保存してある特集号を見て、20歳前後のわれわれが〝高度〟な新聞をよく作ったものだと感服してしまう。私は夏休みに中川善之助（愛称、中善）先生の紹介状を持って東京都内の大手出版社、大企業を回り広告をお願いしたが、大先輩の東京ガス副社長の安西浩さん（後に社長）を訪れた時は、赤じゅうたんが敷き詰められた小学校教室ほどの広さの副社長室に通され、案内役の秘書課長に「中善先生からのお願いか。1万円出してくれ」と指示した。初任給1万円のころ。人脈の強さにただただ驚くばかりだった。

河北新報記者となる

3年生から社会学科に進み、1958(昭和33)年4月、河北新報社に入社した。恩師の新明正道先生は、戦後の一時期、公職追放で東北大学を去ったが、河北新報2代目社長・一力次郎さんのお世話で論説を担当され、生活を支えたという。河北新報に合格したことを報告に行ったら、「地方紙の役割は大きい。自分の考えをしっかり持つことだ」と諭された。

入社して2年間は内勤の整理部。3年目に社会部と政経部を半年ずつ、4年目に郷里の秋田支社に転勤。実家で暮らし、家内と長男は母親に面倒を見てもらい、新米記者として3年間、地元紙秋田魁新報、東京各紙と競争しながら取材した。地方勤務の新聞記者は県政、教育、警察、スポーツ、文化となんでも屋だ。自分の「目、耳、足」を通して多くの人と知り合い、そして信用を築き上げる。そうして得た人脈は自分の財産であることを知った。先輩、後輩、血縁、地縁など「ご縁」という繋がりが、新聞記者には重要な取材ルートであることも体験した。この3年間は記者としての基本を身につけ、ジャーナリストの責任、在り方を学習したと思う。

東北大学紛争で取材力を養う

1964（昭和39）年4月、本社報道部に戻り、教育・大学担当になった。全共闘を中心とする全国的な大学紛争幕開けのころだった。東北大学では旧宮城師範の教員養成課程を教育学部から分離して、宮城教育大学を新設する計画に対して教職員、学生の反対運動が高まっていた。

教員養成課程責任者の先生に行ったところ「河北は分離独立の旧師範グ

ループの意見ばかり書いている。信用できない」と言われた。その先生は高校の先輩で、「相澤個人」として対応してもらうことになった。同64年12月14日夜、石津照璽学長の入院先の東北大学付属病院内で全学学部長会議が開かれた。分離を決定するという情報から病院中央廊下は教職員組合、自治会学生ら反対者で埋まった。ポケットベル、携帯電話もない時代。同課程主事(教授)の評議員から報道部に「明日午前8時から市内のホテルで評議会を開くことになった。相澤記者に伝言してほしい」という電話があったことをデスクから聞いた。この電話で、10カ月近い取材経過から学部長会議の内容は「教員養成課程の分離を決め、翌日の全学評議会で最終決定する」ということだと分かった。しかし、100%の確認がほしい。午後10時過ぎ、取材で信頼関係を持っていたN学部長宅へ行った。奥さんが「お風呂です」というので、中に入れてもらい、風呂桶に入っていたN学部長に「ついに決まったのですね」と尋ねた。返事はなかったが、ようやく決着したことを穏やかな目で答えてくれた。

社に戻ってすぐ原稿を書いた。15日付社会面トップは「東北大教員養成課程の分離きょう評議会で決定」。15日朝、会場のホテルへ行ったら民青グループの自治会学生たちが大勢いて「河北はウソを書いた」と取り囲まれた。
「夕方に違った結論が出たら抗議を受ける」と言ってホテル内に入った。宮城教育大学は65（昭和40）年4月1日、東北大学富沢分校を仮校舎として開学した。
宮城教育大学は、北六番丁の農学部を青葉山の久保田山地区に移転させて新校舎を作る計画だったが、農学部は「学部の自治」を理由に移転を拒否、青葉山移転紛争は長期化した。その農学部は50年後の今、青葉山キャンパスに移転することになっている。青葉山キャンパスには数年後、地下鉄東西線が開通するが、時代の変遷を痛感する。

東北大学も全共闘派によって69（昭和44）年7月、教養部事務局が封鎖され、自治会グループと石や火炎瓶を投げ合う内ゲバがあり、11月には教養部理科実験棟が占拠されたが、機動隊が出動して封鎖解除、同年暮れに紛争の嵐は去った。

私が河北新報でヘルメットを被って取材した第一号である。

河北新報東京支社時代の相澤氏

65（昭和40）年8月31日、自治会連合の幹部学生2人が、事務局長暴行、傷害容疑で宮城県警に逮捕された。7月17日夕刻、総合移転計画に反対する学生約200人が本部の評議会場に通ずるドアを遮断、一部が事務局長室になだれ込み、机上、引き出しの書類を調べた。事務局長を椅子ごと持ち上げ廊下に出そうとした際、局長は足で踏ん張ったためだろう、椎間板内障症で翌朝から入院した。逮捕事件で9月15日から20日まで全学ストライキが行われた。私は仙台地検から現場にいた証人として喚問要請があったが、「報道の中立」を理由に断った。

工学部長辞任、まぼろしの原子炉事件

1965（昭和40）年11月から翌41年10月まで続いた工学部原子核工学科の未臨界実験原子炉装置をめぐる〝まぼろしの原子炉事件〟も大学改革の潮流の一つ。2億円の科学技術研究費をかけて沸騰水型原子炉の模型を作っ

たが、泡を出すボイド発生装置が正常に機能せず、模型核燃料棒が抜けてしまう状態になった。主任教授に対し、教授、助教授、助手の全員が責任を追及、ついには国会でも「東北大の研究費管理は問題」と取り上げられた。学部長が辞任、主任教授は他大学へ行くなどして決着したが、関係した教官の大半は東北大学を去って行った。私は学部長に「研究実験炉だから欠陥を認めてもいいのでは」と助言したが、主任教授は愛弟子だったからか、かばい続けた。「相澤記者はピンク以上だ」と河北の上層部に告げ口したことを聞き、「アカということですか。卑怯ですね」と学部長に抗議した。しかし、学部長は研究者としては優れた方で教えられることも多かった。思い出深い取材だった。68年4月から1年間会津若松支局に転勤したが、5年間、東北大学、宮城教育大学、東北学院大学を中心に大学紛争を取材し、民青、全共闘各派の幹部と話し合いをしたり、封鎖の校舎にも入った。教員、職員たちにも本音を聞いた。医学部は教授を頂点とする〝白い巨塔〟であった。しかし、医学部を改革しようとする助教授、講師ら青年医師たちの熱意にも触れ、医学、医療はさらなる発展を遂げていくことを確信した。教育・大学担当だが、

64（昭和39）年の東京オリンピックの取材チームに加わり、半月、東京に滞在した。この年の6月、新潟大地震があり、その取材にも行き、新潟駅前のビルの1階が地面に沈み込む液状化現象を初めて知った。東北大の地震関係の先生たちとも仲良くなり、いろいろ教えられた。78（昭和53）年6月12日の宮城県沖地震、さらには2011（平成23）年3月11日の東日本大震災に遭遇した。あとで触れるが、河北新報を退社後、地域FM放送のラジオ石巻の社長を9年近くやっていたので、当時の体験が役立った。

地域新聞「石巻かほく」を創刊

地方新聞社には東京支社がある。国会、中央省庁の取材などで見聞を広めさせるというわけで、1972（昭和47）年4月から3年間、東京支社編集部勤務となった。

官邸、運輸、自治、労働各省クラブ、東北6県国会議員を取材。当時は田中角栄首相のころで、宮城県知事選などでは同行取材した。

73年夏、日本新聞協会ソ連経済視察団（東京紙、共同、道新など14社）に参加、シベリア、モスクワ、中央アジアの10都市を3週間取材した。自費でパリ、ロンドンを回って帰国した。初めての海外で貴重な体験だった。

本社に戻り、仙台市役所クラブキャップ、報道部デスクなどをして80（昭和55）年4月、石巻総局長になった。石巻圏1市9町（当時は25万人）は仙台圏に次ぐ地域。河北新報は子会社の三陸河北新報社を設立して地域密着の新聞「石巻かほく」を創刊、現地責任者として4年間勤務した。河北新報常務のころ、2年間兼務したが同社社長を6年間務めた。

スタッフは編集、営業合わせて15人ほど。月曜日付を除く週6日発行。当初は4ページだったが、8ページで月額2００円。河北新報だけでは地域ニュース、各種情報は収容できない。本紙と併読してもらう形式で4万5０００部発行。収入の90％は地域広告で4年目の年間売上高は7億円。3階建ての石巻河北ビルも建てた。名実ともに河北新報を地元新聞に作り上げた。

40歳代後半だったが、1市9町をマイカーで駆け巡り、新聞の原点は「目、耳、足」であることを再確認した。各分野の方々と知り合い、石巻圏域の歴史、文化にも目を開かせてもらった。縁遠かった水産・漁業のこともある程度、理解できたが、密漁は大目に見る業界の体質はベールに包まれた感じがした。

病める日本漁業の素顔を追う

三陸漁場は世界三大漁場の一つだ。水産都市石巻は漁業を中心にして栄えた町だが、1977（昭和52）年の200カイリ規制以降、北洋など遠洋漁業は漁船用燃油高騰、魚価低迷も重なり苦境に陥っていた。しかも北転船減船によって船主は経営難にあえいでいた。石巻勤務4年目の84年2月26日、北洋ベーリング海で石巻漁港を主要基地とする北転船2隻が衝突、1隻が沈没、乗組員22人のうち18人が行方不明、2人が死亡、2人が救助される事故が起きた。ソ連の規制海域内で密漁中の事故という情報が流れたが、漁業社会特有の閉鎖性に阻まれ、1隻だけが沈没し僚船が救助に向かったということで密漁事件は曖昧になり、単なる沈没事故の記事になった。

私は84（昭和59）年4月に本社報道部長になった。宮城県内総局、支局員を含め65人がスタッフ。6月、塩釜海上保安部と仙台地検の捜査で2隻の衝突は密漁中の事故であることを摘発、警察クラブがスクープした。さらに石巻出身の写真部員が市内飲食店で客同士が石巻のM造船所が隣町に改造専用の秘密造船所を持っているという会話を耳にし、翌日、現地に行った。新造の魚運搬船にテントの覆いをかけ、魚倉の拡大改造中の写真を撮ってきた。この2つの事実で、石巻で体験してきた閉鎖的な漁業の実態を明らかにしていこうと決断した。編集局長に相談し6名の取材班を編成した。84年9月から85年6月まで9部106回にわたって「病める海　素顔の日本漁業」を連載、わが国漁業の病んだ姿と再生の道を探った。

河北新報は東北が販売エリアだが、連載記事はファックスで北海道から中央、関西まで送られ、漁業関係者に大きな反響を巻き起こした。閉鎖性が強い漁業界相手に取材は難航したが、スタッフは粘り強く食い込んだ。しかし、連載が進むうちに不法改造やソ連海域で行っている密漁の手口などが内部告発で寄せられ、船主からも経営苦境の実情も聞かされた。密漁、漁船不法改造の実態が次々と明らかになり、監督官庁の水産庁も規制に着手せざるを得なくなった。M造船所の専務からは「当社をつぶすのか」と言われたが、「不法改造、エンジン馬力を大きくしたことによってバランスを崩す転覆事故が多発している。若い命をはじめ多くの乗組員が犠牲になっている。ジャーナリストとして見過ごせない」と突っぱねた。北洋サケマス船を中心に100隻に及ぶ不法改造船が摘発され、水産庁は復元工事を命令した。しかし、一気に復元工事はできなかった。

この「素顔の日本漁業」は、85年度の日本新聞協会賞編集部門に応募した。新聞協会賞は新聞界のゴールドメダルだ。東京各紙、ブロック紙、地方紙、通信社、テレビ代表15人の審査によって決めるが、8—7の1票差で受賞できなかった。朝日新聞の記事審査委員は「河北の連載企画は地方紙だからこそ追及できた。実質トップだ」と評価したという。残念だったが、いつか獲得しようと思った。

私が石巻に赴任した80（昭和55）年、石巻魚市場の年間水揚げ高は300億円ほどあった。それから40年後の今は200億円がやっと。「獲る漁業」は衰退し、海外から輸入するスケソウタラなどを材料とする水産加工業約200社が年間800億円の生産額を上げている。40年前の300億円は1000億円相当だろう。水産加工中心の町に変貌した。それが東日本大震災と大津波で魚市場一帯は1・5メートルも地盤沈下し、加工場は倒壊するなど壊滅的な打撃を受けた。再生への道は険しい。

7期連続当選の革新系仙台市長
島野さん急逝、79歳だった

島野武仙台市長は社会党などの応援で1958(昭和33)年2月2日に初当選してから6期24年間連続当選、82(昭和57)年2月、7期目も当選した。仙台一中、旧制二高、東大出身で弁護士。55(昭和30)年5月、戦後公選初代、2代市長の岡崎栄松さんに挑戦したが、岡崎さんが550票の僅差で3選した。島野派は開票事務に不正があったなどの異議を申し立て仙台高裁は57年10月25日、選挙無効の判決を下した。岡崎市長は12月辞任、58(昭和33)年2月、やり直し市長選挙が行われ、保守系候補の松川金七さん(仙台医師会長)に2、828票差で当選した。私は河北新報に入社内定していたが、まだ学生で島野さんに投票した。それから16年後の74(昭和49)年4月、市政キャップになった。小柄な方だが元気そのもの。70歳近かったが冬でもズボン下は穿いていなかった。健康都市仙台を宣言、地下鉄建設も計画するなど〝島野スマイル〟の革新系市長に対して、自民党など保守系候補は次々挑戦しても勝てない。保守系政治家にも人脈を築き、政令指定都市の昇格も計画していた。ところが、７期目の84（昭和59）年11月６日夕方、公舎に帰る途中、公用車の中で体調不調を訴え、市立病院救急センターに緊急入院したが、午後８時30分、大動脈狭窄症で急死した。79歳だった。

私は報道部長１年目。後継市長の人選は紆余曲折したが、74（昭和49）年から10年間、山本壮一郎宮城県知事の副知事を務めた石井亨さんが保守系候補。島野さんを５、６、７期の選挙確認団体の責任者として長く応援、仙台弁護士会長などとした勅使河原安夫さんが市民グループ、革新系の候補として一騎打ちとなった。84年12月23日投票。石井さんが１４８、２８０票、勅使河原さんが１２３、６０１票。久保田泰三さん１、７４６票。投票率58・1％。島野さんが築き上げた厚い支持層と、勅使河原さんの幅広い人脈が24、679票差という大善戦になった。約27年ぶりに保守系市長がようやく誕生した。

勅使河原さんを選挙最終日の12月22日に応援に来た美濃部亮吉元東京都

知事が24日昼、急逝した。島野さんと旧制二高の同級生で革新自治体の首長として親しくしていた。「縁」というものだろうか。

勅使河原さんは東北大学法文学部出身で弁護士。東北大学創立100周年(2007年)の後援団体である財団法人東北大学研究教育振興財団(西澤潤一理事長)の監事をしており、私は常務理事・広報委員長をしてきた。河北の現役を離れてから親交を深めたが、島野さん急逝後の市長選挙について「誰がための街」という自著を出している。河北の取材、記事内容に厳しい批判を書いている。取材の食い込み方が弱かったし、市民グループからの熱心な擁立についても十分なフォローがなかったと反省させられた。地元紙というのは、「すべて良し」ということは本当に難しい。中立公平は大事だが、新聞にはその新聞の持つ主張がある。ただ、「おかしいことはおかしい」という、普通の人間が持つ見方を、記事にする感覚を研ぎ澄ますことは必要だ、と私は思っている。

平成元年4月、仙台市が11番目の政令指定都市となる

石井市長は宮城県副知事を10年務めた自治省出身の役人。商工労働部長、総務部長もしており、山本壮一郎知事（自治省出身）を補佐してきただけに、県内情勢、経済界に精通し実行力もあり、島野さんが手がけた地下鉄南北線建設を完成、開通させ、泉中央駅まで延伸した。市博物館建て替え、泉文化創造センター新設、市科学館移転新設、市青年文化センター新設、仙台国際センター新設など新しい都市づくりに積極的に取り組んだ。さらに仙台を政令指定都市にするために泉市、宮城町、秋保町との合併を目指した。石井さんは山本知事の後継と思ってきたが、島野さんの急逝で市長になった。「貧乏県の知事より１００万都市の政令市の市長の方が面白い」と、周囲に漏らすようになった。

宮城町は１９８６（昭和61）年11月、秋保町は88（昭和63）年３月に合併

した。しかし泉市は人口13万5千人、独自に20万都市づくりをすべきだ、という合併反対市民運動が高まった。

河北新報は明治維新後、「白河以北一山百文」と蔑視された東北地方を、新聞という言論によって発展させようと1897(明治30)年1月17日、「河」と「北」の「河北新報」の社名、「東北振興」「不覊独立」を社是として創刊した。日本の将来を見据えた場合、東京一極集中の国づくりは、地震列島日本では極めて危うい国になる。東京―大阪―福岡の第1国土軸に対して東京―仙台―札幌の第2国土軸を形成して仙台を中心都市にする。首都機能の一部移転、道州制などを図るには仙台を東北で初めての政令指定都市に昇格させることが、河北新報の社是にも合致するという立場で紙面づくりをした。

泉市長の鈴木幸治さんは、農業人で町議、市議などを経て市長になった。仙台と合併して、地下鉄を泉市中央まで延伸するなど、隣接の仙台市と協力し合うことが発展に繋がると考えていた。しかし、反対運動、市議会の動向などから市民の意向で決めると自分の考えは先延ばししてきた。

仙台市は市制100周年の1989(平成元)年4月に政令市にする目

標を立てていた。日程的に最終決断を迫られた鈴木市長は、87（昭和62）年11月12日、地方自治法に定めた市規則による住民投票を議会に提案、議会も認め同年11月29日（日）に住民投票を行うことになった。

私は編集局次長兼報道部長として11月12日付紙面で鈴木市長にインタビュー、「合併は21世紀の道　市民の多くは賛成」という記事を載せ、投票日前の27日付には、「なぜ私は合併を決断したのか」と財政、税・住民負担、福祉・行政サービス、合併の時期、農村・緑の5項目について鈴木市長の決断理由を掲載した。

住民投票結果は合併賛成33、331票、反対29、703票、無効354票、投票率74・24％。3、628票という僅差だった。市民を二分する賛成、反対運動で反対派からは「ガッペイ新聞」と河北新報は批判された。新聞は単なる中立であればよいものではない。合併して政令指定都市になることは、社是、社論に沿うものである。反対派から「河北は取材に来ない」と抗議されたが、担当記者には「どうして行かないのか」と叱責した。取材は公平に行うのが新聞記者の役割だ。取材すれば、いろんなことが分かってくる。

88年3月合併し、新仙台市は市制100周年の89(平成元)年4月1日、全国で11番目、東北で初めての政令指定都市になった。鈴木幸治さんは98(平成10)年3月6日、81歳で死去した。

泉下の鈴木さんは現在の泉区の発展をどう見ているのだろうか。地下鉄は泉中央駅が開通し、道路網も強化されるなどプラス面が多くなっている。大仙台市は東北の中核都市として役割を担っていると思う。

疾風怒涛の編集局長の3年間

1991(平成3)年4月から3年間、編集局長を務めた。本社、東北6県総局の編集スタッフは280人。取材、紙面内容の全てを預かる現場の責任者である。編集担当役員が上司であり、報告、連絡、相談の「ホウ・レン・ソウ」はきちんと行う。入社以来、築いてきた自分なりの人脈、取材網など「財産」がある。責任とリーダーシップはきちんと果たすが、独断専行に陥らないように心に決めた。

河北新報は東北のブロック紙と言っても、東京紙に比べれば残念なことだが評価は低かった。例えば教育・大学担当時代、東北大学で全国的な記事になる研究関係ニュースをキャッチしても担当教授から「東京紙にも流してよ」と頼まれたことが幾度かあった。共同通信仙台支社の記者仲間に連絡して加盟紙に送信、掲載してもらったこともある。先輩記者たちもそうだったが、「東京紙に負けない新聞を作ろう」というのが、私たち世代の共通スローガンであった。編集局長になったのだから先輩の意思を引き継いで河北新報のレベルアップをさらに図ろうと努力した。

編集局では毎月1回、「編集局報」を出している。各部の報告、連絡事項などのほか巻頭の「局言」を編集局長が書いている。私も3年間、書いたが、読み返してみると、この3年間に地元宮城ばかりでなく、世界、日本で様々なことが起きた。地方紙は身近なローカルに目配りをするのは当然だが、グローバルな視点も重要で「グローカル」という複眼で紙面づくりを行った。

91(平成3)年1月17日早朝、米軍の率いる多国籍軍がイラクを空爆、湾岸戦争に突入した。2月28日に終結したが、今もって中東の混迷は続いている。ソ連は各共和国が独立、ソ連邦は消滅、大国ロシアは大統領がリーダーとなった。わが国政界も93(平成5)年8月6日、衆参両院で非自民7党1会派が推す日本新党代表の細川護熙氏を首相に指名、非自民政権が誕生、自民、社会党「55年体制」が崩れ、安定しない政治体制がしばらく続いた。

「グローカル」という観点から2つのプロジェクトを実施したことは思い出深い。新しい国土づくりには札幌、仙台、広島、福岡の4地方中枢都市は重要な役割を持っている。92(平成4)年、北海道、河北、中国、西日本4新聞社共同企画「札仙広福・地方中枢都市の役割」を連載した。記者を派遣し合って、長所、欠点をレポートする手法をとった。広島で私も加わり4社編集局長が広島大学経済学部教授の司会でシンポジウムを開いた。

93年から96年にかけて、火曜会11社とアメリカの地方新聞8社による日米地方紙交流プロジェクトを行った。地域メディアの立場から日米間の相互理解と協調関係を深めようという狙い。東京―ワシントン・ニューヨークだけでは偏っており、地域に根差したコミュニケーションを築こうという企画。日本財団国際プログラムに選定され、私が総括役になっていたので中国新聞元ワシントン特派員らとアメリカ中西部の地方新聞社に行き、打ち合わせした。その後、双方から記者団が訪問、記事交換するなど相互理解を深め合った。

宮城県知事、仙台市長、ゼネコン汚職事件で逮捕

1993（平成5）年6月29日、石井亨仙台市長（25年生まれ）が鹿島建設、間組などから1億円を収賄した容疑で東京地検に逮捕された。産経新聞朝刊に「仙台市幹部、収賄で逮捕へ」とスクープされた。10月4日には本間俊太郎宮城県知事（40年生まれ）が清水建設幹部と共に逮捕され、全国的に有

名となった「ゼネコン汚職事件」が、河北新報の主地盤である宮城県を舞台に発生した。

「新聞記者は他紙の記者の動きもマークせよ」という鉄則もあるが、残念なことだが、石井市長が逮捕されるという情報をつかんだ東京紙の記者が、仙台市役所などを歩き回っていたことを後で知った。残念だが取材力が弱かったと反省するばかりだ。取材陣を再編成して事件のフォロー、市長、知事選挙に万全を期した。

ゼネコン汚職事件は金丸信元自民党副総裁の巨額脱税事件の押収資料でゼネコン各社から中央政界や地方政界に多額の賄賂が贈られた実態が分かり、東京地検特捜部が93(平成5)年から翌年にかけて摘発。建設相、宮城、茨城県知事、仙台市長、ゼネコン幹部、東北支店長クラスなどが逮捕され、計32人が起訴された。

本間知事は読売新聞東北総局の記者で私の5歳下。仙台で一緒に取材に駆け回ったが、本社編集局整理部に転勤した。父俊一氏は衆院議員で三塚博さんは秘書をした。本間さんが中央大学在学中に父が急死。母親が薬局を開いて生計を立てた。母親の勧めもあって74(昭和49)年10月、郷里の中新田町長選挙に立候補当選、4選した。中新田バッハホール建設など町おこしのアイデア町長として知られるようになった。友人として付き合いがあった。俊一氏の後継者は伊藤宗一郎さん(防衛庁長官、衆院議長など務めた。2001年死去)。伊藤さんが衆院議長時代、議長室で「母親に頼まれ、本間君を中新田町長に立候補させた。他に候補者がいた。町長にしなければ知事になっていない。逮捕もされなかったのに……」と聞かされた。伊藤さんは元読売新聞記者。ある時期、石田博英衆院議員(秋田1区選出)の石田グループに入り選挙資金などの応援を受けていた。「三権の長」になった伊藤さんは秋田県大館市にある石田さんの墓前にお礼の報告に行った。私は石田さんとは秋田の同郷人。東京支社編集部時代、事務所に時折、訪ねた。

本間さんは歴史などに造詣が深く、若いころは政治家を望まなかったと思う。読売本社では政治部ではなく整理部で勤務した。しかし、中新田町長になった本間さんは、4期目途中から国政を目指すようになった。5期20年間、宮城県知事を務めた山本壮一郎さんは1988(昭和63)年10月の県議会で6選不出馬を表明した。愛知和男衆院議員が後継者にほぼ決まっていたが、当時、政界を揺るがしたリクルート事件に愛知さんも関連したということから断念した。本間さんは、88(昭和63)年12月、中新田町長を辞職、社会党などの推薦で89(平成元)年3月、当選した。当選後は、自民党会派と急接近するようになり、2期目は自民党だけに支持を要請、社会党も支持を表明して同5年3月、再選した。

知事在任中は、伊達政宗が建造、太平洋を横断した木造帆船サン・ファン・バウティスタ号の復元(石巻市)、県立宮城大学、県立がんセンターの設立、図書館、東北歴史博物館の建設など1期目でかなりの実績を上げた。

東北には特定港湾は1港もなく、重要港湾の仙台・塩釜港を特定港湾に昇格することが東北地方の願いだった。私が司会役で運輸省の上村正明港湾局長と本間さん、今野修平大阪産業大学教授の4人で「仙台港の将来像　東の時代を開く・国際交流の拠点に」という座談会を行い、特集記事を掲載した(92年8月13日付)。上村局長は「特定重要港湾は港と町が一体化しているという歴史、実績がある。仙台港は71(昭和46)年7月に開港した掘り込み式港。東北の発展、日本の将来を担う重要な港湾だが、仙台市と一体化する施策を行うことが必要だ」というアドバイスがあった。特定重要港湾の新潟、函館港は港と町が共存共栄している。沖合防波堤を建設、フェリー貨客船の就航、輸出入額の増加などがあり、急速に伸びたが、仙台塩釜港と改称して特定重要港湾になったのは2001(平成13)年4月だった。

石井仙台市長は3期目途中、本間知事は2期目途中に収賄容疑で逮捕された。共に大規模公共工事を次々に行う「箱物行政」で、建設業者との癒着が起こり「天の声」として談合に関わるようになり、金丸元自民党副総裁の巨額脱税事件の押収資料で、その内容が発覚した。現職の知事、市長が相次いで逮捕、失脚したことによって、県政、市政は多分野にわたって停滞した。

石井さんから「仙台空港がある名取市と合併する方向で進んでいる。青葉山の仙台カントリー倶楽部(県有地)は東北大学に譲渡することで了解している」—と聞いていた。譲渡は訴訟沙汰になり、東北大学に譲渡されるまで10年の歳月が流れた。2人は行政のトップとして極めて不適切な行動を取っていたことは事実で、脇が甘かったというしかない。編集局長時代の事件で私自身、地元紙としての責任が重いことを反省させられた。

石井さんは97(平成9)年1月22日、東京地裁で懲役3年、追徴金1億4千万円の実刑判決、本間さんは97年3月21日、懲役2年6月、追徴金1億2千万円の実刑判決を受け、服役した。石井さんは東京都内に住んでいるが、本間さんは衆院小選挙区宮城4区(当時は伊藤宗一郎氏長男の信太郎氏が衆院議員)、大崎市長選挙に立候補したが、落選した。

浅野史郎知事、藤井黎市長は県政、市政を3期担当

宮城県知事選挙(1993年11月21日)には副知事の八木功さんが自民、民主、社会の推薦で立候補した。仙台一高、東大卒の国土庁事務次官の市川

一朗さんを推すグループがあり、本人も出馬の意欲があったが、山本元知事の反対意向があり取りやめた。そこに仙台二高、東大卒の厚生省生活衛生局企画課長の浅野史郎さん(48年生まれ)が新生党、さきがけ、社民連の推薦を受け、告示日ぎりぎりに立候補した。自民党県連会長だった愛知和男さんが新生党に移り、政界は混とん状態。「浅野擁立」に至るまで、複雑な動きがあり、無名の浅野さんは、八木さんに勝つのは厳しいとみられた。しかし、ゼネコン汚職知事の後継者が副知事ではおかしい、という批判も強かった。しかも、県庁の食糧費無駄遣いが問題になっており、前職が総務部長の八木さんは知事に当選しても責任を追及される可能性があった。八木さんには立候補を考え直しては、と彼の親友を通してアドバイスしたが、元知事の山本さんの強い応援、3党の推薦で勝利を確信したのだろう。共産党候補も含め3人が出馬した。選挙が始まると浅野さんのクリーンなイメージ、無党派層の応援が目立ってきた。大学時代の友人の有力町長から「女房は浅野だ。支持者の女性もほとんど浅野。八木は負ける」という電話があった。世論調査では接戦だったが、浅野さんの当選は決まったと見た。45歳の浅野さんは八木さんに8万票の差をつけて当選した。八木さんは落選後、民間企業に身を寄せたが、浅野知事は仙台空港ビルの社長に迎えた。本間知事のころ副知事として社長を兼務していた。浅野さんからは「山本さんは冷たい。八木さんは落選後、困っていたので私が手を差し伸べた」と聞かされた。

97（平成9）年、2001（平成13）年に再選、3期12年間、構造改革を主張する「改革派知事」、特定政党の推薦を受けない「無党派知事」として全国的に知られた。2期目には参院議員になっていた市川一朗さんが自民、新進、公明の3党の推薦、県内市長村長の支持を受けて出馬したが、市川さん、共産党候補に大差をつけて再選した。

ジョギング愛好家で、気仙沼のツバキマラソン、東京マラソンにも出場。「高校生時代、エルビス・プレスリーの歌で英語を覚えた」と言うほど、プレスリーが大好き。県内コミュニティFMラジオ6局でメインDJの「シローと夢トーク」の30分番組を2、3期目の7年間、毎週1回放送した。夜、ラジオ3で収録した。政治に関することは避けた番組でファンが多かった。知事退任後、病気入院した時もPART2を放送した。

厚生省の出身だけに施設収容中心の福祉行政からの方向転換を目指し、初当選を強力に支援した田島良昭さん(長崎県の福祉施設理事長)を1996年に県社会福祉事業団副理事長に迎えた。知的障害者入所施設の解体、地域の中で生活できる条件を整備する「ノーマライゼーション」を主張し、小学校に重度障害児の入学を実行した。

情報公開全国一になったり、公共事業費削減、談合防止のため一般競争入札を実施し、県発注の平均落札率は予定価格の75%に下がった。半面、大手ゼネコンが低価格で落札、地元建設業者が経営難、倒産するなどの現象も起きた。県立高校の一律共学化、宮城国体、サッカー・ワールドカップ戦を行い、サン・ファン・バウティスタ号復元事業を完成させた。

浅野知事時代は景気の低迷で県税収入など一般財源が減少、小泉内閣の三位一体改革による地方交付税の1兆円削減の影響を受け、財政調整基金の取り崩し、臨時財政対策債の増発などで退任時の県債残高は就任時の2倍近い1兆3、653億円に激増した。

２００４（平成16）年から翌年にかけて宮城県警の捜査報償費をめぐる疑惑問題が持ち上がった。北海道警、福岡県警でも不正支出が明るみに出たころで、宮城県警と対立した。

浅野さんは田島良昭さんとは厚生省時代から知り合いで、選挙参謀、県政全般に助言を行い、人事にも関与、副知事起用を提案したが県議会で否決された。浅野さんは退任後、慶応大学教授、07（平成19）年４月、東京都知事選に立候補、石原慎太郎都知事に挑戦したが１７０万票の次点。石原さんとは１００万票の大差だった。

09（平成21）年６月４日、成人Ｔ細胞白血病（ＡＴＬ）発病を公表、骨髄移植手術を受け、１年近い闘病生活をして復帰した。テレビに時折出演しているが、元気な姿を見てとてもうれしい。

ＡＴＬは母親の血液にあるウィルスＨＴＬＶ—１のキャリア（感染者）が僅かの確率で発病する病気だ。旧厚生省は20年ほど前には風土病として見てきたが、浅野さんが発病したことによって、全国各地に多くの発病者、感染者がいることが分かり、マスコミの協力もあって、妊婦の検査、母子感染を防ぐ対策を国が行うことになった。

私とは14歳年下だが、自分の信念、思うことに堂々とチャレンジしていく浅野さんを応援していた。衆参両院で開かれた国会等の移転に関する特別委員会で参考人の石原都知事が首都機能移転を「歴史への冒瀆」と発言したのに対し、浅野参考人は石原発言を「未来に対する冒瀆」と批判した。地方分権、地方の時代の方向に風穴を開けたことは事実だ。もう1期知事をしてほしかったが、かなわなかった。

仙台市長選挙は2、3人の名前があがったが、市教育長、市文化事業団理事長を務めた63歳の藤井黎さん(1930年生まれ)がオール市役所の強力な応援で当選した。相手は元衆院議員鎌田さゆりさんだった。鹿児島県種子島出身で旧姓は種子島。釜石市のおじさんの養子となって藤井姓になった。東北大学経済学部卒、大学院教育学研究科を修了して仙台市役所に入った。35年ほど企画、教育関係を担当した。経済学部を卒業後、1年間、河北新報社に勤務したことがあり、先輩になる。統計学に精通しており、世論調査などで指導を受けた。「相ちゃん」と言われた仲で、持ち前のソフトな姿勢で安定した市長を3期務めた。2010(平成22)年4月4日、亡くなった。河北新報勤務時代の政治、行政に関する取材は浅野さん、藤井さんで終えた。

徳陽シティ銀行の破綻と三塚大蔵大臣

1991(平成3)年1月、安倍晋太郎氏が死去、宮城一区選出の三塚博氏が安倍派を受け継ぎ清和会会長になった。三塚さんは国鉄の民営化を実現し、96(平成8)年11月、橋本内閣で大蔵大臣になった。宮城県で初めての首相候補と期待されたが、実現しなかった。

三塚さんが大蔵大臣時代、97(平成9)年11月26日、第2地銀の徳陽シティ銀行が経営破綻、仙台銀行、七十七銀行、北日本銀行などに営業を譲渡した。太平洋戦争中の42(昭和17)年4月、「三徳無尽」として設立、51(昭和26)年10月、相互銀行化に伴い、「株式会社徳陽相互銀行」に商号変更した。90

(平成2)年8月、第2地方銀行となり「徳陽シティ銀行」となった。初代社長の早坂順一郎さんは積極的な経営で業績を拡大、東北放送社長も務めた。2代目社長は長男の啓さん。バブル崩壊、景気低迷で徳陽の経営が厳しくなり94(平成6)年4月、殖産銀行(現・きらやか・山形市)と北日本銀行(盛岡市)の3行合併を発表したが、北銀の行員、組合の反対が強く、合併は破談となった。大蔵省が合併の筋書きを立てたもので、北銀の頭取は辞任した。徳陽の経営内容については、報道部長時代から支店長らの内部告発があり、編集局長になってからは「いつ破綻するのか」という状況になった。合併破談などは報道してきたが、「破綻する」という決定的なスクープは地元各方面に影響が大きいため、日本経済新聞と同じ日の朝刊で報道する道を選択した。東京他紙と同じ日に報道することはスクープするより神経を使い難しいことである。

三塚さんが代議士になったのは45歳。中央政界では遅いスタートで、福田派会長の福田赳夫さんに仕え、青嵐会結成に参加し、10期連続当選した。総裁選にも立候補した。ゼネコン汚職事件で関与が取り上げられたが、派閥の領袖になるまでの軌跡はまさに政界ドラマだ。地元政界人として私の貴重な人脈の1人だが、徳陽の最終段階の時は、私は編集担当役員となっており、当時の報道部長が深夜、三塚大蔵大臣に最終確認、97（平成9）年11月26日付朝刊で「徳陽シティ銀行が破綻」を報道、日経と同時スクープとなった。地元出身の大蔵大臣が、徳陽を救済できなかったのか、という声もあったが、貸出残高に対する不良債権比率は第2地銀でトップ、破綻は避けられないほど経営は悪化していた。三塚さんは2004（平成16）年4月、76歳で死去した。

早坂一族が支配してきた「徳陽銀行」は52年余で幕を閉じた。2代目の啓さんは県公安委員長もしており、12（平成24）年6月、86歳で亡くなった。

「地元のことは他紙に抜かれるな」というのが地方紙の鉄則だ。しかし、他紙は「河北新報を抜く」ということを目指す。私も秋田支社時代、秋田魁新報に県人事や教員人事などで抜かれずに報道できたし、察ダネで幾度か抜いたことに自己満足している。

編集局長、編集担当7年間で新聞協会賞4回受賞

農薬空中散布削減、こころの伏流水、イーハトーブ幻想、オリザの環

日本新聞協会賞は新聞界のゴールドメダルだ。編集局長は新聞協会編集委員会のメンバーになり、全国各紙、テレビキー局の編集・報道局長が集まり毎月1回定例会議を開く。

新聞協会賞編集部門について15人の審査員(朝日、毎日、読売、日経、産経5社から5人、中日、道新、西日本3ブロック紙から2人、火曜会＝河北、中国、京都など11地方紙から2人、土曜会(約40県紙から1人、共同、時事通信2社から2人、テレビキー局　5局から3人)がスクープニュース、キャンペーン企画、連載企画など数十件の応募作品を審査して受賞作を決め、秋の新聞大会で表彰する。

報道部長時代、連載企画「病める海　素顔の日本漁業」が8—7の1票差

で受賞を逃していただけに、編集局長になった1991（平成3）年4月、ゴールドメダル獲得を決意した。

河北新報社が編集部門で受賞したのは73（昭和48）年に連載企画「植物人間」、83（昭和58）年に「スパイクタイヤ追放キャンペーン」の2回だけで火曜会11社の中で受賞回数は少なかった。

連載企画、キャンペーンは多分野にわたって数多く展開してきたが、取材部門に長い間携わった1人として当社編集部門は他社に比べて熱意、気迫といったものが今一つ不足していたと思っていた。

地方紙の連載企画、キャンペーンは地元に密着し、その地域の問題点を探り出し、それを地域住民と共に解決していくという具体的な提言、行動が求められる。そうした観点から宮城県の農薬空中散布問題を切り口として、91年から1年半、紙面展開した。その結果、「考えよう農薬」「減らそう農薬」キャンペーン＝地域から問う環境・人間・食糧＝が92（平成4）年度新聞協会賞を受賞、代表の私が同年10月15日、愛媛県松山市で開かれた第45回新聞大会で表彰された。

受賞した第3部門（地域社会に関する記事、キャンペーン、連載企画）には24作品が応募する〝激戦〟だった。11票対4票で受賞した。

91年6月、仙台市で農薬空中散布による浄水場の汚染が表面化したのをきっかけに農薬削減を訴えるとともに、地域から世界にも目を向け「環境」と「食糧生産」の共存を呼び掛けた。農薬空中散布延べ面積が全国1位（91年）の宮城県は銘柄米・ササニシキの大生産地である。農村に多くの読者を持っているだけに農協幹部らから抗議もあったが、兼業農家が多数で農薬の加害者と被害者が同居している。新しい道を探そうと、生産者、消費者、学識経験者ら市民参加による討論の場「くろすとーく」を継続開催。読者の意見・提案を集める「農薬ホットライン」を設置し、自治体と農協による空中散布の削減、有機米作りの活発化を実現した。国際シンポジウムを開催、地球サミットにも自らNGO（非政府組織）として参加、世界に向けた農薬削減を訴える仙台アピールを発信した。

当時の熊谷公平編集局次長兼報道部長はじめ取材班の努力に、わが社の編集スタッフは「やればできる」ことを確信した。

新聞協会賞編集部門に第4部門として「スクープ写真、企画写真」が95年度から新設された。写真部に対して協会賞を目指してチャレンジするように要望した。「地域に根差した東北独特のカメラアングルがある。それは土着信仰だ」ということになり、カメラは写真部、記事は報道部が担当した。94年度に写真企画「こころの伏流水―北の祈り」が高い評価を受けて受賞、馬場道写真部長が表彰された。96年度には写真企画「イーハトーブ幻想―賢治の遺した風景」で受賞、高木尚夫写真部長が表彰された。宮沢賢治生誕100年を記念して企画したもので、賢治の思いを1枚の写真に撮り、学芸部記者が記事を書いた。高木部長はカメラマンとして入社した。「写真部は撮るだけでなく原稿も書ける記者もいれば」というのが、私が若いころ、先輩カメラマンに対して抱いていた気持ち。それが相次ぐ写真部門受賞で原稿を書く写真部員も出てきた。

97（平成9）年は河北新報創刊100周年。新聞大会が仙台で開催されることになっており、連載企画で新聞協会賞を受賞しようという方針を立てた。企画の目的、内容、何を訴えようとするのか、を明確にすることが、

北朝鮮板門店の38度線の建物。青い3棟には南北双方から民間人が入ることができる。南側の3階は金正恩委員長と韓国大統領が会議をした場所。平成9年相澤雄一郎が撮影。

受賞獲得の条件になる。東北はコメと共に生きてきた。コメの市場開放の時代を迎えた東北の稲作現場は高齢化、過疎化の一方でコメ余りが進み、生産意欲を急速に失うようになった。半面、コメは21世紀の世界の食糧不足を救う穀物として重要性を増している。コメの価値を見直し、コメを通して東北と世界を結び合おうという連載企画・キャンペーンを展開することにした。一力雅彦編集局長（現在社長）を団長に特報部、写真部など15人の取材団を編成した。稲の学名はラテン語のオリザ（Ｏｒｙｚａ）。企画タイトルを「オリザの環」として96（平成８）年10月27日から18部１３８回を連載、関連特集１００本を掲載した。世界24カ国に取材スタッフを派遣し、コメが中国、東南アジア、インド、アフリカ、南米など世界各国の人々と文化・歴史面でも深いつながりがあることを報告した。新しいコメ作りの方向を探る「草の根フォーラム」も開催した。

編集担当常務の私も取材スタッフ1名と共に日朝友好宮城議員連盟の訪朝団に加わり91年4月、平壌、開城、板門店の南北38度線などを回り、水害で食糧危機に陥っていた北朝鮮の実情を緊急ルポした。河北新報記者として入国することは認められない時代だが、コメで世界を結び合おうという企画の狙いであるのに、隣国北朝鮮の食糧危機を見過ごすわけにはいかない。報道部記者のころから朝鮮総連の取材等で繋がりがあり、私の同行者として記者の入国が認められた。97年10月15日、仙台国際ホテルで開催した新聞大会で「連載企画・キャンペーン〝オリザの環〟」は新聞協会賞を受賞、一力雅彦編集局長が表彰された。

以後、新聞協会賞受賞はできずにいたが2011(平成23)年度に東日本大震災報道で14年ぶりに受賞した。

東は未来、第2国土軸推進をキャンペーン

河北新報社は1992(平成4)年、創刊95周年記念事業として「第2国土軸7人委員会」を設置した。社是に掲げる「東北振興」の理念を地域に根付かせ、東北を21世紀の世界をリードする地域にしようという願いを込め

たものだ。編集局長就任2年目の時だった。

7委員は梅原猛氏(国際日本文化研究センター所長)、高橋克彦氏(作家)、高原須美子氏(経済評論家、元経済企画庁長官)、竹内均氏(東大名誉教授・地球物理学・科学雑誌「Newton」編集長)、西澤潤一氏(東北大学総長・半導体、光通信研究で世界の第一人者)、星野進保氏(総合研究開発機構理事長、元経済企画庁事務次官)、矢野暢氏(京都大学東南アジア研究センター所長)。

高原さんに委員就任のお願いで上京した際、「県立宮城大学初代学長となった野田一夫さん(経営学・多摩大学初代学長)とは、サンデー毎日編集部員当時からの知り合いです。時折、大学そばのゴルフ場に行っています。仙台は日本にとって重要な都市です」と、すんなり引き受けて下さった。

委員各氏による討論、第2国土軸形成について東北各界代表との意見交換、シンポジウムを開催するなどして、世界、日本の中で東北の果たすべき役割、東北の一体化などを探った。

93(平成5)年4月1日付特集で「第2国土軸最終提言」を発表した。提言の前文は次のように第2国土軸の必要性を的確に述べている。

「21世紀を前に日本はかつてない変革期を迎えている。戦後、「第1国土軸」の名で呼ばれる太平洋ベルト地帯は、工業化、経済の効率化を進め、GNP（国民総生産）の飛躍的な向上など一定の役割を果たした。半面で、東京、東海、京阪神など限られた地域を重視するあまり、国土構造のひずみが目立つようになり、地域間の発展にも濃淡が出てきた。

わが国の国際的な地位も、世界の人々に信頼され尊敬されるほど高いものにはなっていない。

今こそ首都圏から北関東、東北、北海道に至る『東』が新しい価値観を生み出し、世界に向けて日本をリードするときである。効率的で集権的な体制に縛られた「第1国土軸」に代わり、『東』は多様な地域の可能性を生かした多極構造の社会を実現する。生活を重視し人間の幸福を実現する新しい国土の姿を、「第2国土軸」構想の名称で提示したい」

提言には仙台に東京の機能の一部を持つ「重都構想」もあり、東北経済連合会は「とうほく銀河プラン」を打ち出し、97（平成9）年9月、「東北南部地域への首都機能移転の実現に向けて」を発表した。

また、河北新報社は93年4月1日、CIを実施、スローガンを『東』は、未来」を掲げ、社マークも一新した。同日から河北新報朝刊一面の題字下に『東』は、未来」を掲載している。

これまでの日本は東京から西の1000キロを中心にした第1国土軸の時代だったが、次の21世紀は東京から仙台、札幌に至る1000キロを中軸にした「東の時代」にしたい。1本のベルトが潤うのではなく、首都圏から北関東、東北、北海道に至る地域の一体化を図り、「面」と「圏」が自立した生活圏を確立していくという願いを掲げたものである。少子化、高齢化社会、人口減少の時代に入ることからも「東の時代」は必然であるのだ。しかも東京一極集中の国土づくりは、地震列島の日本では大地震に襲われた場合、極めて危険であり、首都機能の一部の移転も必要であると主張した。

衆参両院は90（平成2）年、「国会等の移転に関する決議」を議決し「首都機能移転を検討する」という基本方針を確認。92（平成4）年には「国会等の移転に関する法律」が成立し、99（平成11）年12月、移転先候補地として北東地域の「栃木・福島地域」、東海地域の「岐阜・愛知地域」、可能性のある地域として「三重・畿央地域」の3地域を選定した。

東北6県知事会議はあるが、第2国土軸、首都機能移転などに関して6県知事が一緒に語り合うことはなかったが、河北新報社が呼び掛けて95（平成7）年7月、東京赤坂プリンスホテルで「新時代の東北像」のテーマで座談会を開いた。翌96（平成8）年5月30日、「北海道・東北1道7県知事サミット」を仙台市泉区の仙台ロイヤルパークホテルで開催、21世紀の「ほくとう地域」の交流の在り方などについて意見交換した。一力一夫河北新報社会長は「8道県の知事が連係を深め西に対抗できる地域を築いてほしい」とあいさつ。「県人から圏人へ」をテーマに1時間半、座談会方式で討論した。21世紀はわが国の将来を考えた場合、新しい国土軸の形成が必要であり、協力しようという一致を見た。第2国土軸七人委員会は私が編集局長時代に設置した。梅原猛氏は2019（平成31）年1月12日、93歳で死去した。仙台市生まれ。社会的発言も多い哲学者だった。

首都一極集中の国土づくりの中で
東日本大震災発生

しかし、石原慎太郎東京都知事が1999（平成11）年の都知事選で「首都機能移転反対」を掲げて当選してから「首都機能移転構想」は凍結状態になった。東京への一極集中、中央と地方の格差がますます進んでいった。

こうした状況下で2011（平成23）年3月11日、M9・0という世界で4番目の巨大地震・大津波が襲う東日本大震災が発生した。しかも東京電力福島第1原発が水素爆発、炉心溶融、放射能漏れ事故を起こし、周辺地域の10万人以上が避難する悲惨な事態となった。

宮城、岩手、福島3県の太平洋沿岸部を中心に復旧・復興に政府、県、市町は懸命に取り組んでいるが、余りにも大きな被害で遅々として進んでいない。

ところが今、地震研究者の間では数年以内に首都直下型地震が70％の確率で発生する恐れがあると警告。内閣府は被害総額112兆円、建物倒壊85万棟、死者1万人以上と推定している。さらに12(平成24)年8月29日、内閣府は2つの有識者会議(東京大学の阿部勝征教授が座長の検討会、関西大学の河田恵昭教授が主査のワーキンググループ)の検討内容を受けて、南海トラフ巨大地震による人的被害状況を公表した。東日本大震災と同じM9クラスで最大で32万3、000人が死亡するとした。最悪で津波で23万人、建物倒壊で 8万2、000人、火災で1万人死亡する。建物倒壊238万6、000棟。

東日本大震災では死者1万6、000人、行方不明3、000人、建物倒壊13万棟だから、被害規模はけた違いだ。

1978(昭和53)年6月12日、M7・4の宮城県沖地震が発生、仙台を中心に大きな被害を受けた。国の地震調査委員会は、M7・5~8・0クラスの宮城県沖地震は1793年以降2010年までの間に6回発生、その活動期間は26・3年から42・4年、平均37・1年である、として宮城県沖を震源地とする大地震の発生は100%近いと警告してきた。200年余の発生事例と地震研究によって警告したのだろうが、それが全く違っていたことが、明白となった。東日本大震災を「未曾有の地震」「想定外の地震」と地震研究関係者は言い訳をするが、三陸沖で発生した平安時代の869年の貞観地震で、仙台平野に大津波が襲ったことを古文書は記録している。1、000年以上の長期間でわが国の大地震、大津波の発生状況を追跡調査、研究すれば、「想定外の巨大地震ではない」ことが分かる。869年の貞観地震の9年後の878年には関東の武蔵地震、さらに9年後の887年には東南海の仁和地震というM8以上の大地震が発生しているのだ。

自民党は2012(平成24)年5月、「事後復興」ではなく「事前防災」が必要であるとして国土強靭化基本法を提案した。20兆円ずつ10年間、合計200兆円をかけて学校、公共施設の耐震化、交通網の整備強化、首都機能のバックアップ体制の強化を主張している。田中角栄首相の「日本列島改造論」と同じだという意見があるが、東日本大震災の復旧、復興はすべて「事後措置」だ。高齢者、仕事を奪われた人たちが住む仮設住宅はいつの日になくなるのか。展望がない。国民的立場から地震列島日本の進むべき道を検討しなければならない。

地域FMラジオ石巻を再生。大震災で多くの命救う

1980（昭和55）年4月から4年間、石巻総局長として地域新聞「石巻かほく」創刊の現地責任者となった私は、元気でいればやがては「石巻かほく」経営の三陸河北新報社社長になるだろうと思っていた。自分の責任で発行部数4万部以上の新聞を作るのだから記者として面白かった。地域に密着した記事を掲載するので、石巻圏域の人たちは、河北新報より先に「石巻かほく」を手にした。新聞の原点を再確認できた。管内1市9町を自ら駆け回り、各分野の方々と知り合った。

97（平成9）年3月、本社常務取締役編集担当だったが、三陸河北新報社社長兼務となった。99（平成11）年3月、役員定年で本社退社、三陸河北新報社長専任となり2003（平成15）年3月に退任するまで兼務、専任合わせて6年間、社長を務めた。

社長在任中、石巻商工会議所常議員、経営者協会、法人会など経済団体に所属。毛利コレクション博物館等建設推進する会副会長のほか、石巻総局長時代には、32歳でガダルカナル島で戦死した石巻市出身の天才彫刻家高橋英吉さんを顕彰する市民支援グループに加わり、河北新報社報道部長相澤雄一郎名で受賞申請書を提出、1981年度「サントリー地域文化賞」受賞（賞金100万円）を実現した。

三陸河北新報社長在任中の2002（平成14）年6月、ラジオ石巻（石巻コミュニティ放送株式会社）の代表取締役社長を兼務した。石巻市をエリアとするFM地域ラジオ局で1997年（平成9）年5月28日、放送開始した。地元選出の県議を支援する経済人7人が1、000万円ずつ出資、株主26人で資本金7、450万円。

政治的に偏るなど問題が出てきて社長が交代、経営的にも厳しくなり、大株主から再建を依頼され3代目社長になった。県議とは取材で知り合い、公共電波を使用、国の免許を必要とするラジオ局に携わるのは不適切であろうと去ってもらった。

石巻かほく、ラジオ石巻の地域密着型の新聞、電波が協力し合うことは、石巻圏域の発展、活性化に貢献できる。さらに国の地震調査委員会はM7〜8クラスの宮城県沖地震発生の確率が極めて高いことを警告しており、地震、津波、風水害など災害情報を即時放送できるラジオ石巻の存続は、長い間お世話になった石巻の方々に恩返しになると思った。

「オール市民ラジオ・地域密着・中立公正」を基本方針とし、「むすぶ・つなぐ・地域の輪」をスローガンに掲げ、株主構成を偏らないように新・増資（約2、700万円）をお願いして資本金9、055万円、株主100人のラジオ局にした。

コミュニティFMラジオは全国に約260局あるが、限られた地域が聴取エリアで三セク、大手企業がバックなど経営形態は様々。スタッフは少人数で県域ラジオのミニ版を放送していれば経営はできると当初は考えたようだが、多くは経営難に陥った。ラジオ石巻も似たような歩みをたどったが、私は地元に密着した番組を作り、多くの分野の方々にスタジオのマイクで話してもらった。アナウンサーは主役でなく、引き出し役。アナウンサーが話し、音楽を流していたのではCMがつかないし聴取率も伸びない。私も月2回、各界4、5人のゲストを呼んで1時間語り合う「石巻　元気を出そう」という番組を40回続けた。石巻は水産業が多いが、日本製紙石巻工場、木材、鉄鋼など様々な業種があり、キラリ光る中小企業も多い。そうした社長に30分間、ご自分の歩みを話してもらう「経済サロン」を月2回放送。50人に出演していただいた。「自分たちのラジオ」だということで出演料はゼロ。石巻市議会本会議一般質問を収録、夜8時から放送した。

常勤役員2人、社員3～4人、フリーアナ3～4人。自分の番組を定期的に持ったり、イベントなどで応援してくれるサポーターが十数人いた。

2007（平成19）年には、街中のスタジオ、災害に使える無線中継車を350万円で購入した。石巻市、東松島市と災害情報協定を結び、防災行政無線を補完するライフライン強化体制を組んだ。累積赤字はあったが、単年度黒字経営ができ、11（平成23）年2月15日の株主総会を機に8年9カ月に及んだ社長を退任、小笠原秀一氏（小笠原新聞店社長、石巻商工会議所副会頭）が4代目社長に就任した。私は取締役相談役になった。

3月8日夕刻、小笠原社長と一緒に東北電力女川原子力発電所に行き、渡部孝男所長ら幹部に挨拶に行った。石巻総局長のころ1号機が建設中で、しばしば現地に取材に行った。現在は3号機まであり、あのころとは一変したエネルギー基地になっていた。

その3日後、日本海溝を震源地とするM9・0の東日本大震災が発生、岩手、宮城、福島3県を中心に大津波が襲い、死者16、000人、行方不明3、000人、津波に流されたり、倒壊した建物は13万棟、世界で4番目の巨大地震は壊滅的な破壊をもたらした。

大震災後、女川原発敷地内の体育館には津波から逃げる近くの住民約300人が避難した。14メートルの高台に立地しており、東京電力福島第1原発のような水素爆発、放射能漏れ事故は起きなかった。

私は仙台の自宅にいて、石巻の惨状をテレビ、ラジオ、新聞等で知ったが、道路は使えずラジオ石巻のスタッフがどうなっているのか、ラジオは放送を続けているのか、不安になったが、何も役に立てない。

ラジオ石巻の社屋は蛇田地区にあり、津波はここまで来なかった。放送機材は大丈夫で鈴木孝也専務、今野雅彦営業・技術部長、女性アナ２人が自家発電で大津波襲来、避難警告を放送した。しかし午後8時過ぎ、アンテナのある日和山送信所の非常用バッテリーが切れ放送ストップ。市内浸水で送信所に行けなかったが13日、今野部長と女性アナは自衛隊の特殊車両の先導で移動無線中継車「らじいし号」を4キロ離れた送信所に運転、13、14日は送信所の仮設スタジオで放送。14日には石巻市役所4階の広報公聴課内に無線送信機を移し、２元放送を行った。緊急災害時にはＦＭコミュニティラジオは首長の申請で20ワットの出力を１００ワットに増力できる。石巻市長は東北総合通信局に申請、出力１００ワットの「いしのまきさいがいエフエム」臨時災害ラジオ局が設置された。臨時災害ラジオ局は1年間、災害関連情報を中心に放送を続けた。

小、中学校体育館、教室を中心に数万人の市民が避難、食糧、飲料水、薬品等の配布、安否情報などを伝えるラジオ石巻の電波は大きな支えとなった。ラジオ石巻でも営業担当役員が津波で亡くなり、社員の住宅が流失するなど被害を受けたが、「むすぶ・つなぐ・地域の輪」のスローガンの下で、スタッフたちが懸命に努力した経過は「ラジオがつないだ命」の題名で河北新報出版センターから出版された。

全国のＦＭラジオ１９８局で日本コミュニティ放送協議会（ＪＣＢＡ）、東北地域は23局で協議会を作っている。今度の大震災で太平洋沿岸地域に災害ＦＭラジオ局が24局できた。被災地の女川町でもできたが、ボランティアが立ち上げた。ボランティア局は町が援助したが、自立経営はできず、多くは役目を終えた。

国の指導と補助金を受けて市町村自治体は災害情報を住民に伝える防災行政無線システムを全国的に張り巡らしているが、今度の大震災で欠陥が明らかになった。総務省によると宮城県内の防災行政無線整備率は97％だが、自治体の規模、山岳地帯、平野部など地形によって差異があり過ぎて完全な防災無線は設置できていない。石巻市は２００５年４月、１市６町が合併して新スタートした。旧市内には屋外受信放送機が１７５本あるが、旧町の屋外放送機は僅かで、各家庭内に備えた戸別受信機がほとんどだ。

屋外受信放送機も古くなり、電池が切れているものもある。津波襲来、避難警告が聞こえないため逃げ遅れた市民も多かった。総務省はテレビのデジタル化に合わせて、防災行政無線も11年度中にデジタル化を図ろうとした。しかし、石巻市ではデジタル化の費用30億円を合併特例債で賄う計画を立てたが、短期間で市域すべてに配置することはできない。亀山市長は10(平成22)年10月、NTTが開発した災害情報伝達方式(テレホンサービスとメール配信)を導入したが、今度の大震災で全く役に立たなかった。亀山市長は仙台に講演に行き、市役所庁舎に入ったのは3月13日午後。市議会では2日間の不在が問題になった。

私がラジオ石巻の再建を行っていなかったらどうなったのか。「市民の命、財産を守るのは、市長の責任だ。ラジオ石巻は純民間のラジオであり、それをいかにして利用するかは市長、議会が考えることだ。ラジオは不備の多い防災行政無線の補完役だ」と亀山紘市長、土井喜美夫前市長に具申したが、実行までに行かなかった。土井前市長夫妻は3月11日、自宅を襲った津波で亡くなった。

ラジオ石巻は創立10周年記念事業として350万円で無線送信機搭載中

継車、自家発電機2台を購入し、予測される宮城県沖地震に備えた。アマチュア無線局の免許も取得、市内のアマ局と連携する体制も整えた。今後も大地震が心配される。石巻市とラジオ石巻の協力体制作りが検討中だ。

大川小児童74人の犠牲は「人災」だ

今度の大震災で多くの命が失われた。石巻市では死者3、170人、行方不明760人。全国的に知られるようになった大川小学校の惨事。108人の児童のうち74人(行方不明4人)、教師10人(行方不明1人)が犠牲になった。「なぜ、大川小だけが」という遺族たちの追及に石巻小、市教委は明確な答えを出していない。これは明らかに人災だ。校長として不適格な人物を校長に任命したのは宮城県教委であり、しかも校長は往復4時間かけて片道70キロの自宅から月~金曜日のほとんどマイカー通勤していた。さらに市教委が通達した津波の避難訓練も行っていない。3月11日午後2時46分発生した巨大地震のときは、午後から私用で自宅に帰り不在。教員歴をたどると10年間で5小学校の教頭職をしているが、児童150人の小学校から28人の小規模校に転任、330人の大規模校に転じると再び65人の教頭になるなど異常な経歴だ。その教頭を県教委は他教育事務所管内の遠隔地の校長に昇任発令した。かつては辺地校には校長宿舎があったが、今は交通事情が改善して「できるだけ近くから通勤するように」という指示になっているが、70キロ離れた自宅から通勤するのはどうなのか。旧石巻市内にアパートを借りていたが、カムフラージュだろう。写真が趣味なのか、大川小校長2年間で児童、校舎近辺など約1万枚の写真を撮影していたことを保護者が知った。ところが児童の写真はすべてスナップ。水着姿の女子もいる。こうした校長としての勤務状況を県教委、石巻教育事務所は把握していたのか。地震発生から津波が襲ってくるまでの50分間、校庭に避難したまま。送迎用バスも学校の前で待っていた。斜度20～30度の裏山に逃げることはできたはずだ。校長としての責任を果たさない校長、補佐する教頭は津波襲来の警報に対処できない。教務主任1人と子供3人だけが山に逃げて助かった。遺族に対する説明会で教務主任は「逃げた裏山で泊まり、翌朝、助けを求めた」という状況説明は、後日、その日の夕刻、山越えして逃げてきたことが明らかになった。この地区の住民約500人のうち半数が津波で死んだ。「50年の前のチリ地震でも津波は来なかった」と信じていたというが、責任感のない1人の校長を発令したことによって、74人の児童が命を奪われた。県教委、教育行政の責任は重い。まさに人災だ。

今度の大震災で宮城内では小学生186人、中学生75人が犠牲になった。大川小1校だけで74人。小学生に限定すれば40％を占める。教職員は9校で18人が犠牲になったが、大川小は10人だ。大川小の近くの北上川沿いにはほかに5小、中学校があるが全員、高台に避難して助かった。この数字をどう見ればよいのか。亀山市長は遺族説明会で「自然災害の宿命と思う」と発言したことが、責任逃れと批判された。

震災発生前の2010（平成22）年12月、石巻市教委の綿引雄一教育長は脳こうそくで倒れ、長期入院して実務ができない状態であるのに、後任者を決められず、行政職の事務局次長を職務代理者にした。大川小惨事に対応

上の山へなぜ逃げなかったのか。
あまりにも無責任な教育行政の闇。「人災」である

東日本大震災の津波で児童・教職員84人が犠牲になった石巻市大川小。
（写真提供：河北新報社）

できず、11（平成23）年6月25日、境直彦前石巻中校長が教育長に就任した。こうした行政の不手際も露呈された。

大震災がもたらした被害、後遺症の実態は深刻だ。大量のがれき処理の遅れ、一般社団法人石巻災害復興支援協議会長のがれき撤去費不正取得を市議会が告発、仮設住宅はいつ解消するのか、見通しがつかない。東京電力福島第1原発事故も深刻だ。10万人を超える避難者がいる。復旧、復興は中央政界の混乱、被災自治体も同じ状況だ。今後の行方を心配するばかりだ。オールドジャーナリストとして、今の新聞報道にもっと積極さと厳しさがほしいと思う。

シャンソンは楽しかった

ジャーナリスト相澤雄一郎

「おかしいことはおかしい」と書くのが新聞の役割と言ったが、２００６

（平成18）年12月、72歳の時に肝細胞がんで肝臓の3分の1を切除する手術を受けた。84歳の現在まで12年間、極めて元気で生きている。肝臓がん5年生存率は39・6％だがはるかに超えている。

東日本大震災最大の被災地石巻では1兆2千億円の復旧復興費の使い道が疑惑に包まれ、大川小74児童の津波惨事は「人災」だ。

なぜ大川小だけで児童74人が犠牲になったのか。

自分ががんになって、なぜ12年間も生きているのか。胆管・肝臓・膵臓の手術で東北ナンバーワンの名医に出会った幸運が第一。新聞記者になって名医を知ったチャンスもあった。

がんは手術、抗がん剤、放射線が3大治療と言われるが、抗がん剤、放射線治療は受けていない。定期検査は行っているが、内科の肝臓部長は「相澤さんのケースは10人のうち1人です」という。ただ、松田忍医学博士が開発発明した天然素材の混合健康食品「藍プロポリスA」を毎日2包、口中で舐めるように07年5月から服用してきた。天然素材は阿波藍、プロポリス、アガリクス茸でその成分を抽出混合して体内に入れれば免疫力がアップしてがんの再発を防ぎ、予防効果もあるという。松田博士は1938年生まれ。東北大学農学部大学院修士課程卒。武田薬品中央研究所に28年間勤務、免疫関係など研究開発に従事。東北大学細菌学教室（石田名香雄教授）に数年間留学し、医学博士号を取得した。東北大学、付属病院を取材し、石田名香雄教授は学長になり、よく付き合った。

松田博士の健康食品は免疫力を高めがん治療に効果があることを確信した。

日本の死因1位はがん。死亡38万人、100万人のがん患者が出る。国民皆保険制度であり、医療費は42兆5千億円、薬品代8兆2千億円。がん医療費は8兆6千億円。

2018年10月、ノーベル生理学・医学賞を受賞した本庶佑京都大学特別教授（76）は受賞後の講演会で「21世紀は免疫療法でがんを克服しよう」と述べたが、21世紀はまだ80年もある。国立がん研究センターは18年6月、「がんはなぜできるのか」という本を出版、今後は遺伝子を調べてがん治療を行うなどの方法も紹介している。

シャンソンを歌う相澤雄一郎氏

松田博士の健康食品など自然素材は日本の薬事法、厚労省、国立がん研究センターなどから薬品として認められていない。それでもがんを恐れる人たちは服用している。商売になるのだ。

がん治療は2000年以上も使ってきた漢方薬、自然素材を再点検してもっと活用することだ。

私は手術後、仙台出身のかいやま由紀さんのシャンソン教室に通った。石巻の婦人団体会長に「シャンソンを歌って元気になったら」と誘われた。カラオケは谷村新司、堀内孝雄などを歌っていたが、シャンソンは楽しかった。ピアノ伴奏で歌うのは初めて。200人聴衆のホールでアダモの「ブルージーンと皮ジャンパー」を独唱した。石巻の「黒い闇」をきれいな青空にできたら再開したいのだが…。

いま日本は「自分だけ、金だけ、今だけ」という世相だそうだ。私は秋田高校出身で校訓は「おのれを修めて世のため尽くす」である。がんに効力がある天然素材を使ったらどうか。「安くて副作用なく安全だ」。

オールドジャーナリストであり、言っておきたいことがある。20年先、30

年先の日本はどうなるのか。政治をはじめトップリーダーの誠実さ、決断と実行を求めたい。

それと国会議員の選挙制度を変えてほしい。特に衆議院選挙は中選挙区から小選挙区になった。自民党は世襲制度のようになった。政治が世襲でいいのか。私が現役時代の政治家は党派を問わず元気で活力があった。世襲代議士は何を目指すのか。

日刊ゲンダイ特別連載

マスコミ人生60年　豪傑列伝

日刊ゲンダイ
2018年12月5日掲載

マスコミ人生60年
豪傑列伝 ❶

「おかしいことはおかしい」と記事にするのがマスメディアの役目だ

2018年度の補正予算9356億円が可決、成立した。その約8割を西日本豪雨や北海道地震などの災害復旧・復興費が占める。だが、それで単純に「よかったね」とはならないことを、石巻市の東日本大震災の復興マネーに絡む不正の闇が教訓として教えてくれる。亀山紘市長は、復興新蛇田地区182戸をめぐって大和ハウス工業に設計変更書面が存在しないのに43億8400万円の工事費に3億4000万円を上乗せして支払っていた。市長の背任として仙台地検に告発されている。湊東地区の工事費でも同じようなことをやっている。

「東日本大震災の最大被害地である石巻には1兆2000億円という巨額の金が入ってきたが、その使途には疑問がある。行政や経済界のトップが責任を負わないと、街はおかしくなる。国民の視線を感じながらお金を使うべきだ」と、厳しい口調でジャーナリストの重鎮、相澤雄一郎氏は指摘する。

相澤氏は、仙台を本拠地とする東北ブロック

マスコミ人生60年

豪傑列伝 ①

「おかしいことはおかしい」と記事にするのがマスメディアの役目だ

2018年度の補正予算9356億円が可決、成立した。その約8割を西日本豪雨や北海道地震などの災害復旧・復興費が占める。だが、それで単純に「よかったね」とはならないことを、石巻市の東日本大震災の復興マネーに絡む不正の闇が教訓として教えてくれる。亀山紘市長は、復興新蛇田地区182戸をめぐって大和ハウス工業に設計変更書面が存在しないのに43億8400万円の工事費に3億4000万円を上乗せして支払っていた。市長の背任として仙台地検に告発されている。湊東地区の工事費でも同じようなことをやっている。

「東日本大震災の最大被害地である石巻には1兆2000億円という巨額の金が入ってきたが、その使途には疑問がある。行政や経済界のトップが責任を負わないと、街はおかしくなる。国民の視線を感じながらお金を使うべきだ」と、厳しい口調でジャーナリストの重鎮、相澤雄一郎氏は指摘する。

相澤雄一郎（あいざわ・ゆういちろう）1934年生まれ。東北大学文学部卒業後、河北新報社に入社。石巻総局長として地域新聞「石巻かほく」創刊。本社で、編集局長、取締役編集・論説・情報担当、常務取締役を歴任。三陸河北新報社社長も兼務し、本社定年後はラジオ石巻の社長として敏腕をふるい、2011年2月に退職。1カ月後に東日本大震災が発生。今も現役ジャーナリストとしてさまざまな"闇"に斬り込んでいる。

相澤氏は、仙台を本拠地とする東北ブロック紙「河北新報」の編集局長、常務取締役を務め、同時に地域新聞「石巻かほく」を創刊して三陸河北新報社社長を兼務。本社退社後にFMラジオ石巻の社長として敏腕をふるい、再建を果たした人物だ。ちなみに、河北新報は、朝刊だけでも46万部近くの販売部数を誇る地方紙の雄。「白河以北一山百文」（白河の関より北は、山ひとつ百文の価値しか持たないという意味）から反骨精神で「河北」と名付け、1897年（明治30年）に創刊された新聞だ。

「おかしいことはおかしいと、普通の人間が持つ視点で記事にするのがマスコミの役目だ」と話す相澤氏は、同紙の編集担当・編集局長時代の7年間に、農薬空中散布問題に斬り込んだ大型連載、コメを通して東北と世界を結び合おうという連載企画「オリザの環」などで新聞協会賞を4回も受賞している。また、「病める日本漁業の素顔」を浮き彫りにし、再生の道を探った連載記事でも注目を浴びた。まさにマスコミ界の豪傑である。

「ジャーナリストとして見過ごせない問題が、今の日本にはたくさんある。仮設住宅はいつ解消するのか見通しがつかない。東京電力福島第1原発事故もいまだに深刻な状態で、10万人を超える避難者がいる。復旧・復興の混乱は、今後の行方を心配するばかりだ。今の新聞報道にもっと積極さと厳しさがほしいと思う」と語る。

「マスコミ人生60年」の一端だが、今回を含め5回にわたって書くことにした。

マスコミ人生60年　豪傑列伝　日刊ゲンダイ2018年12月5日掲載

紙「河北新報」の編集局長、常務取締役を務め、同時に地域新聞「石巻かほく」を創刊して三陸河北新報社社長を兼務。本社退社後にFMラジオ石巻の社長として敏腕をふるい、再建を果たした人物だ。ちなみに、河北新報は、朝刊だけでも46万部近くの販売部数を誇る地方紙の雄。「白河以北一山百文」(白河の関より北は、山ひとつ百文の価値しか持たないという意味)から反骨精神で「河北」と名付け、1897(明治30)年に創刊された新聞だ。

「おかしいことはおかしいと、普通の人間が持つ視点で記事にするのがマスコミの役目だ」と話す相澤氏は、同紙の編集担当・編集局長時代の7年間に、農薬空中散布問題に斬り込んだ大型連載、コメを通して東北と世界を結び合おうという連載企画「オリザの環」などで新聞協会賞を4回も受賞している。また、「病める日本漁業の素顔」を浮き彫りにし、再生の道を探った連載記事でも注目を浴びた。まさにマスコミ界の豪傑である。

「ジャーナリストとして見過ごせない問題が、今の日本にはたくさんある。仮設住宅はいつ解消するのか見通しがつかない。東京電力福島第1原発事故もいまだ深刻な状態で、10万人を超える避難者がいる。復旧・復興の混乱は、今後の行方を心配するばかりだ。今の新聞報道にもっと積極さと厳しさがほしいと思う」と語る。

「マスコミ人生60年」の一端だが、今回を含め5回にわたって書くことにした。

日刊ゲンダイ
2018年12月12日掲載

マスコミ人生60年
豪傑列伝❷

肝臓がんを克服したジャーナリストの視点から投げかける
〝がん治療〟の問題点

「おかしいことはおかしいと書くのが新聞の役割だ」と、84歳になった今もジャーナリストの矜持を貫く仙台の怪傑、相澤雄一郎氏は、自身が72歳の時に肝細胞がんを患い、その病魔から脱却した経験と長年にわたる医療現場の取材から、がん医療の現状にも疑問を投げかける。

「肝臓がんの5年生存率は39・6%。肝細胞がんで肝臓の3分の1を切除した私が、なぜ12年間も極めて元気に生きているのか。胆のう、肝臓、すい臓の手術で東北ナンバーワンの名医に出会った幸運が一番だと思う。その手術後は、抗がん剤も放射線治療も受けていない。ただ、松田忍医学博士が開発発明した天然素材の混合健康食品を2包、口の中で舐めるように手術の翌年から服用し続けてきただけなのです」

この健康食品は、阿波藍、プロポリス、アガリスク茸の成分を抽出混合したもので、体内に入れば免疫力が高まり、がんの再発を防ぎ、予防も期待できるという。松田博士は、東北大学農学部大学院修士課程を卒業後、武田薬品中央研究所に28年間勤務。免疫関係などの研究開発に従事してきた。その松田博士と自らの体験から、「本当に免疫力を高める健康食品は、がん治療に効果があることを確信した」と相澤氏は言うのである。

「ノーベル医学生理学賞を受賞した本庶祐京都大学特別教授は、受賞後の講演会で『21世紀は免疫療法でがんを克服しよう』と述べたが、21世紀はまだ80年もある。毎年100万人のがん患者が出ていて、38万人ががんで死亡している現状を考えれば、悠長なことは言っていられない。すぐにでも、2000年以上も使ってきた漢方薬、自然素材を再点検してもっと活用すべきです。安くて副作用もなく安全なのだから、それをしない方がおかしい」

手術後にシャンソンを歌う楽しさに出逢った相澤氏は、アダモの「ブルージーンと皮ジャンパー」を熱唱しながらそう語るのだ。

マスコミ人生60年

豪傑列伝 ②

肝臓がんを克服したジャーナリストの視点から投げかける

〝がん医療〟の問題点

「おかしいことはおかしいと書くのが新聞の役割だ」と、84歳になった今もジャーナリストの矜持を貫く仙台の怪傑、相澤雄一郎氏は、自身が72歳の時に肝細胞がんを患い、その病魔から脱却した経験と長年にわたる医療現場の取材から、がん医療の現状にも疑問を投げかける。

「肝臓がんの5年生存率は39・6%。肝細胞がんで肝臓の3分の1を切除した私が、なぜ12年間も極めて元気に生きているのか。胆のう、肝臓・すい臓の手術で東北ナンバーワンの名医に出会った幸運が一番だと思う。その手術後は、抗がん剤も放射線治療も受けていない。ただ、松田忍医学博士が開発発明した天然素材の混合健康食品を毎日2包、口の中で舐めるように手術の翌年から服用し続けてきただけなのです」

相澤雄一郎（あいざわ・ゆういちろう）1934年生まれ。東北大学文学部卒業後、河北新報社に入社。石巻総局長として地域新聞「石巻かほく」創刊。本社で、編集局長、取締役編集・論説・情報担当、常務取締役を歴任。三陸河北新報社社長も兼務し、本社定年後はラジオ石巻の社長として敏腕をふるい、2011年２月に退職。１カ月後に東日本大震災が発生。今も現役ジャーナリストとしてさまざまな"闇"に斬り込んでいる。

　この健康食品は、阿波藍、プロポリス、アガリクス茸の成分を抽出混合したもので、体内に入れば免疫力が高まり、がんの再発を防ぎ、予防も期待できるという。松田博士は、東北大学農学部大学院修士課程を卒業後、武田薬品中央研究所に28年間勤務。免疫関係などの研究開発に従事してきた。その松田博士の研究と自らの体験から、

「本当に免疫力を高める健康食品は、がん治療に効果があることを確信した」と相澤氏は言うのである。

「ノーベル医学生理学賞を受賞した本庶佑京都大学特別教授は、受賞後の講演会で『21世紀は免疫療法でがんを克服しよう』と述べたが、21世紀はまだ80年もある。毎年１００万人のがん患者が出ていて、38万人ががんで死亡している現状を考えれば、悠長なことは言っていられない。すぐにでも、２０００年以上も使ってきた漢方薬、自然素材を再点検してもっと活用すべきです。安くて副作用もなく安全なのだから、それをしない方がおかしい」

　手術後にシャンソンを歌う楽しさに出逢った相澤氏は、アダモの「ブルージーンと皮ジャンパー」を熱唱しながらそう語るのだ。

マスコミ人生60年　豪傑列伝　日刊ゲンダイ2018年12月12日掲載

日刊ゲンダイ
2018年12月19日掲載

マスコミ人生60年
豪傑列伝 ❸

巨額復旧復興費の不正マネーに揺れる〝病める海のまち〟の闇はいつ晴れるのか！

東日本大震災で最も大きな被害を受けた宮城県石巻市の〝闇〟は依然として深く、晴れることがない。1兆2000億円という巨額の復旧復興費が国から石巻市に交付されたが、瓦礫撤去、復興住宅、企業ビル建設などに関連した不正マネー事件が相次いで起きているのだ。仙台を拠点に活動し、被災地の石巻復旧にジャーナリストの立場から支援を続けている相澤雄一郎氏は、2年前に出版した『病める〝海のまち〟闇』（モッツ出版刊）で、その巨額の復旧復興マネーを巡る不正の闇に斬り込んだ。

「石巻の亀山紘市長は復興新蛇田地区住宅182戸をめぐって大和ハウス工業に設計計画変更書面が存在しないのに、43億8400万円の工事費に3億4000万円を上乗せして47億2400万円を支払っていた。黒須光男石巻市議は、市長の背任であるとして今年の2月に仙台地検に告発し、仙台地検は捜査を行っています。その後、湊東地区101戸の工事費も同様に3億8500万円上乗せして支払ってい

マスコミ人生60年

豪傑列伝 ③

東日本大震災で最も大きな被害を受けた宮城県石巻市の〝闇〟は依然として深く、晴れることがない。1兆2000億円という巨額の復旧復興費が国から石巻市に交付されたが、瓦礫撤去、復興住宅、企業のビル建設などに関連した不正マネー事件が相次いで起きているのだ。仙台を拠点に活動し、被災地の石巻復旧にジャーナリストの立場から支援を続けている相澤雄一郎氏は、2年前に出版した『病める〝海のまち〟・闇』（モッツ出版刊）で、その巨額の復旧復興マネーをめぐる不正の闇に斬り込んだ。

「石巻市の亀山紘市長は復興新蛇田地区住宅182戸をめぐって大和ハウス工業に設計変更書面が存在しないのに、43億8400万円の工事費に3億4000万円を上乗せして47億2400万円を支払っていた。黒須光男石巻市議は、市長の背任であるとして今年の2月に仙台地検に告発し、仙台地検は捜査を行っています。その後、湊東地区

巨額復旧復興費の不正マネーに揺れる
〝病める海のまち〟の闇はいつ晴れるのか！

101戸の工事費も同様に3億8500万円上乗せして支払っていたことが発覚した。中央地域の下水道工事大手ゼネコンの入札をめぐっても疑惑が持ち上がっているのです」と相澤氏は話す。

復興住宅は公募型買い取り制度要綱で入札価格が決まっている。上乗せ金額の工事内容の文書は市議会議長に提出されたが、工事用の井戸設置、電源工事などに疑惑があり、菅原秀幸副市長ら職員3人の背任告発も受理された。詐欺的行為という。

「そもそも、なぜ今頃になって文書が出てくるのかが疑問。『病める〝海のまち〟・闇』の復興マネー事件は、今も続いている。亀山市長の参謀役の石巻商工会議所会頭の浅野亨氏が組合長となって建てた7階建て中央復興ビルは『アサノマンション』と揶揄されているが、34億円の建設費のうち8割は国の補助金。そのビルにあるデイケアセンターに石巻市は2億7000万円の交付金を支出している。それも闇の一つです」（相澤氏）

東日本大震災最大の被災地石巻の「黒い闇」は、いつ晴れるのだろうか。

相澤雄一郎（あいざわ・ゆういちろう）1934年生まれ。東北大学文学部卒業後、河北新報社に入社。石巻総局長として地域新聞「石巻かほく」創刊。本社で、編集局長、取締役編集・論説・情報担当、常務取締役を歴任。三陸河北新報社社長も兼務し、本社定年後はラジオ石巻の社長として敏腕をふるい、2011年2月に退職。1カ月後に東日本大震災が発生。今も現役ジャーナリストとしてさまざまな〝闇〟に斬り込んでいる。

マスコミ人生60年　豪傑列伝　日刊ゲンダイ2018年12月19日掲載

たことが発覚した。中央地域の下水道工事大手ゼネコンの入札をめぐっても疑惑が持ち上がっているのです」と相澤氏は話す。
復興住宅は公募型買い取り制度要綱で入札価格が決まっている。上乗せ金額の工事内容の文書は市議会議長に提出されたが、工事用の井戸設置、電源工事などに疑惑があり、菅原秀幸副市長ら職員3人の背任告発も受理された。詐欺的行為という。
「そもそも、なぜ今頃になって文書が出てくるのかが疑問。『〝病める海のまち〟闇』の復興マネー事件は、今も続いている。亀山市長の参謀役の石巻商工会議所会頭の浅野亨氏が組合長となって建てた7階建て中央復興ビルは『アサノマンション』と揶揄されているが、34億円の建設費のうち8割は国の補助金。そのビルにあるデイケアセンターに石巻市は2億7000万円の交付金を支出している。それも闇の1つです」（相澤氏）
東日本大震災最大の被災地石巻の「黒い闇」は、いつ晴れるのだろうか。

日刊ゲンダイ
2018年12月26日掲載

マスコミ人生60年
豪傑列伝
❹

大川小児童74人の犠牲は「人災」
あまりにも無責任な教育行政の闇

「東日本大震災の被災地石巻には、震災から7年半以上過ぎても晴れない闇をいくつも抱えている」と、ジャーナリストの立場で石巻復興支援を今も続けている相澤雄一郎氏は話す。全校児童108人の7割にあたる74人の児童が津波の犠牲になった大川小学校の惨事は、その中で最も悲しく深い闇の1つだろう。

「石巻市に小・中学校は22校あるが、1校で74人もの児童が犠牲になったのは大川小学校だけです。この小学校は新北上川河口から4キロメートルほどの川沿いに位置するが、同じ川沿いの学校は高台や山に先生たちと逃げて犠牲者はいなかった。子どもたちを校庭に50分近く待機させ続け、津波に巻き込まれてしまった大川小学校の大惨事は、明らかに人災だったのです」(相澤氏)

津波の犠牲になった児童74人のうち23人の児童の19遺族が「救えるはずの子供の命を守る義務を果たさなかった」として23億円の国家賠償請求訴訟を起こした。仙台地裁、仙台高裁は石巻市と宮城県に「義務教育下の小学校で74人の児童と9人の教員が津波の犠牲になったのは、管理責任、事前安全対策に不備があった」として約14億円の支払いを命じる判決を下した。石巻市と宮城県は、この地裁・高裁の判決を不服として最高裁に上告している。

「震災の翌年、文部科学省と宮城県教委は大川小事故検証委員会を設けて大惨事の原因を調査しました。私は、この検証委員会にマスコミ関係者として傍聴し、仙台地裁の裁判も傍聴したが、校長をはじめ市教委のあまりにも無責任な対応にあきれてしまいました」

当時の大川小学校の柏葉照幸校長は、70キロも離れた自宅からマイカー通勤しており、津波に襲われた時は学校にいなかった。校長人事は県教委に最終決定権がある。検証委員会のメンバーの元宮城教育大学教授は、「校長の責任は、この委員会では協議できないことになっている」と言ったという。

教育行政の闇も深く暗いままなのだ。

マスコミ人生60年

豪傑列伝 ④

大川小児童74人の犠牲は「人災」
あまりにも無責任な教育行政の闇

「東日本大震災最大の被災地石巻には、震災から7年半以上過ぎても晴れない闇をいくつも抱えている」と、ジャーナリストの立場で石巻復興支援を今も続けている相澤雄一郎氏は話す。全校児童108人の7割にあたる74人の児童が津波の犠牲になった大川小学校の惨事は、その中で最も悲しく深い闇の1つだろう。

「石巻市に小・中学校は22校あるが、1校で74人もの児童が犠牲になったのは大川小学校だけです。この小学校は新北上川河口から4㌖ほどの川沿いに位置するが、同じ川沿いの学校は、高台や山に先生たちと逃げて犠牲者はいなかった。子どもたちを校庭に50分近く待機させ続け、津波に巻き込まれてしまった大川小学校の大惨事は、明らかに人災だったのです」（相澤氏）

津波の犠牲になった児童74人のうち23人の児童の19遺族が「救えるはずの子どもの命を守る義務を果たさなかった」として23億円の国家賠償請求訴訟を起こした。仙台地裁、仙台高裁は石巻市と宮城県に「義務教育下の小学校で74人の児童と9人の教員が津波の犠牲になったのは、管理責任、事前安全対策に不備があった」として約14億円の支払いを命じる判決を下した。石巻市と宮城県は、この地裁・高裁の判決を不服として最高裁に上告している。

「震災の翌年、文部科学省と宮城県教委は大川小事故検証委員会を設けて大惨事の原因を調査しました。私は、この検証委員会にマスコミ関係者として傍聴し、仙台地裁の裁判も傍聴したが、校長をはじめ市教委のあまりにも無責任な対応にあきれてしまいました」

当時の大川小学校の柏葉照幸校長は、70㌔も離れた自宅からマイカー通勤しており、津波に襲われた時は学校にいなかった。校長人事は県教委に最終決定権がある。検証委員会のメンバーの元宮城教育大学教授は、「校長の責任は、この委員会では協議できないことになっている」と言ったという。

教育行政の闇も深く暗いままなのだ。

相澤雄一郎（あいざわ・ゆういちろう）1934年生まれ。東北大学文学部卒業後、河北新報社に入社。石巻総局長として地域新聞「石巻かほく」創刊。本社で、編集局長、取締役編集・論説・情報担当、常務取締役を歴任。三陸河北新報社社長も兼務し、本社定年後はラジオ石巻の社長として敏腕をふるい、2011年2月に退職。1カ月後に東日本大震災が発生。今も現役ジャーナリストとしてさまざまな〝闇〟に斬り込んでいる。

マスコミ人生60年　豪傑列伝　日刊ゲンダイ2018年12月26日掲載

日刊ゲンダイ
2019年1月9日掲載

マスコミ人生60年
豪傑列伝
⑤

科学技術庁長官の言葉を思い出す「安全神話」が吹き飛んだ日

東日本大震災は、福島県も大惨事に陥れた。高さ6メートルを超す大津波で太平洋岸に立地する東京電力福島原子力発電所が水没し1～3号機が自動停止。電源は地下1階にあったため、炉心への注水ができず、相次いでメルトダウン(炉心溶解)した。

「大津波に襲われた3日後に水素爆発で原子力発電所の建屋が壊れ、大量の放射性物質が屋外に放出されました。周辺住民は県外に逃げ、原発避難は十数万人に及んだ。まさに原発の『安全神話』は、吹き飛んでしまったのです」と、仙台を拠点に活動し、ジャーナリストの立場で東日本大震災の復旧・復興支援を続けている相澤雄一郎氏は話す。

一方、宮城県女川町は14メートルを超える津波に襲われたが、女川原子力発電所は高台に建てられていたためにメルトダウンは免れた。

「3月11日の夕方、女川原発に100人近い住民が助けてほしいと逃げてきました。その後、最大360余人が女川原発の施設に避難した。

マスコミ人生60年

豪傑列伝 ⑤

科学技術庁長官の言葉を思い出す

「安全神話」が吹き飛んだ日

東日本大震災は、福島県も大惨事に陥れた。高さ6㍍を超す大津波で太平洋岸に立地する東京電力福島原子力発電所が水没し1〜3号機が自動停止。電源は地下1階にあったため、炉心への注水ができず、相次いでメルトダウン（炉心溶融）した。

「大津波に襲われた3日後に水素爆発で原子力発電所の建屋が壊れ、大量の放射性物質が屋外に放出されました。周辺住民は県外に逃げ、原発避難は十数万人に及んだ。まさに原発の『安全神話』は、吹き飛んでしまったのです」

と、仙台を拠点に活動し、ジャーナリストの立場で東日本大震災の復旧・復興支援を続けている相澤雄一郎氏は話す。

一方、宮城県女川町は14㍍を超える津波に襲われたが、女川原子力発電所は高台に建てられていたためにメルトダウンは免れた。

「3月11日の夕方、女川原発に100人近い住民が助けてほしいと逃げてきました。その後、最大360余人が女川原発の施設に避難した。同じ原発でも、福島原発はなぜ、注水用発電機を地下ではなく1階に置けなかったのか。福島原発は元々陸軍飛行場跡地で、元々30㍍の高台だったが、地盤が弱いため20㍍も掘り下げて建設しているのです」

故佐々木義武氏

相澤氏は44年前、当時、科学技術庁長官に就任し、原子力局長も務めた秋田高校先輩、佐々木義武（故人）を取材した時の言葉が、今も耳に残っているという。

「『東海村に原発1号機を建設したが、もっと人がいる場所に置けばよかった。人間がいると注意をするものだ』と言ったのです。私は驚いて、『どこなんですか』と聞くと、『横須賀辺りだな』と返ってきた。佐々木先輩の発言は本心だったのか。いつかは事故が起きると思っていたのか」

福島原発事故の終息は、いまだにまったく先が見えない。『安全神話』はどこで、誰がつくったのか。マスコミにも責任があると思う」と、相澤氏は唇を噛み締めた。

相澤雄一郎（あいざわ・ゆういちろう）1934年生まれ。東北大学文学部卒業後、河北新報社に入社。石巻総局長として地域新聞「石巻かほく」創刊。本社で、編集局長、取締役編集・論説・情報担当、常務取締役を歴任。三陸河北新報社社長も兼務し、本社定年後はラジオ石巻の社長として敏腕をふるい、2011年2月に退職。1カ月後に東日本大震災が発生。今も現役ジャーナリストとしてさまざまな〝闇〟に斬り込んでいる。

マスコミ人生60年　豪傑列伝　日刊ゲンダイ2019年1月9日掲載

同じ原発でも、福島原発はなぜ、注水用発電機を地下ではなく1階に置けなかったのか。福島原発は元陸軍飛行跡地で、元々30メートルの高台だったが、地盤が弱いため20メートルも掘り下げて建設しているのです」

相澤氏は44年前、当時、科学技術庁長官に就任し、原子力局長も務めた秋田高校先輩、佐々木義武(故人)を取材した時の言葉が、今も耳に残っているという。

「『東海村に原発1号機を建設したが、もっと人がいる場所に置けばよかった。人間がいると注意するものだ』と言ったのです。私は驚いて『どこなんですか?』と聞くと、『横須賀辺りだな』と返ってきた。佐々木先輩の発言は本心だったのか。いつかは事故が起きると思っていたのか」

福島原発事故の終息は、未だに全く先が見えない。「『安全神話』はどこで、誰が作ったのか。マスコミにも責任があると思う」と、相澤氏は唇を噛み締めた。

相澤雄一郎（あいざわ・ゆういちろう）

秋田高校、東北大学文学部社会学科卒。1958年4月、河北新報社入社。1980年、石巻総局長、地域新聞「石巻かほく」創刊。1984年4月、編集局報道部長。1991年4月、編集局長。1994年3月、取締役編集・論説・情報担当。1996年3月、常務取締役。1997年3月、三陸河北新報社社長兼務。1999年3月、本社定年退社、三陸河北新報社社長専任。2003年3月、退任。2002年6月石巻コミュニティ放送（ラジオ石巻）社長。2011年2月、退任、取締役相談役。

2006年11月、清水暖喜会長の後を受けて東北大学社会学同窓会長になる。「新明正道記念国際交流奨励賞」の創設が承認された。2007年の東北大学創立100周年を支援する財団法人東北大学研究教育振興財団（西澤潤一理事長）の常務理事・広報委員長を6年間務め、百周年記念会館川内萩ホール建設、東北大学基金創設支援などに参画。2010年3月、法人解散。フリージャーナリスト。仙台秋田県人会副会長、秋田高校同窓会仙台支部顧問など。

がんからの脱出

2019年4月25日　初版第1刷発行

発 行 人：高須基仁

発　　行：モッツコーポレーション（株）

〒105-0004 東京都港区新橋5-22-3

ル・グランシエル BLDG3.3F

電話：03-6402-4710（代表）／Fax：03-3436-3720

E-Mail info@mots.co.jp

発　　売：株式会社 展望社

〒112-0002 東京都文京区小石川3-1-7　エコービル 202

電話：03-3814-1997／Fax：03-3814-3063

ISBN 978-4-88546-355-6